我当心理咨询师
遇到的那些怪诞事件 2

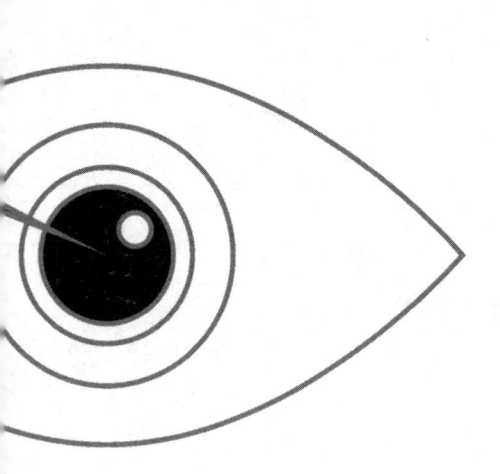

胡定乐 —— 著

贵州出版集团
贵州人民出版社

图书在版编目（CIP）数据

我当心理咨询师遇到的那些怪诞事件.2/胡定乐著.—贵阳：贵州人民出版社，2017.11
ISBN 978-7-221-13041-9

Ⅰ.①我… Ⅱ.①胡… Ⅲ.①长篇小说—中国—当代 Ⅳ.①I247.5

中国版本图书馆CIP数据核字（2017）第313920号

上架建议：长篇小说

我当心理咨询师遇到的那些怪诞事件.2

胡定乐　著

出 版 人：	苏　桦
责任编辑：	祁定江　潘　乐
特约编辑：	戚小双
版式设计：	潘雪琴
内文排版：	百朗文化
营销推广：	悬疑志
出版发行：	贵州人民出版社
	（贵州省贵阳市观山湖区会展东路SOHO办公区A座　邮编：550081）
印　　刷：	北京京都六环印刷厂
开　　本：	880mm×1270mm　1/32
字　　数：	165千字
印　　张：	8.5
版　　次：	2018年5月第1版　2018年5月第1次印刷
书　　号：	ISBN 978-7-221-13041-9
定　　价：	39.80元

我当心理咨询师遇到的那些怪诞事件2

胡定乐 / 著

楔子

我叫欧阳子瑜，是一名心理咨询师，供职于我姨妈开设的一家心理咨询中心，从入行到现在，我已经干了十年。

我们心理咨询中心虽然不大，员工只有二十来人，但在心理咨询圈却颇具影响力，这主要得益于我姨妈赵璇女士的名望，她是知名心理专家，从业三十余年，国内外获奖无数，其次是我们中心两大金字招牌科室——心理障碍和恋爱婚姻，凭着扎实的心理知识和专业素质，声名在外，备受好评，来访者络绎不绝。

我所在的科室就是心理障碍科，我们科室的主任叫张勋，是我的师傅，心理咨询师跟其他行业一样，也有以老带新的传统，他其实年纪不大，就比我大个两三岁，所以平常不叫他师傅，叫张哥。

我这个张哥啊，人其实不坏，就是有点精分，工作上非常严肃、苛刻，说一不二，但生活上完全就是一个逗逼，口无遮拦，段子张口就来，跟个说相声的似的。我最受不了的是他没事喜欢打击我，在他手下当徒弟的时候，我可没少吃苦头。

而恋爱婚姻科的主任安翠芳则是我的女神，在没遇见安翠芳之前，我是不大相信一见钟情这样的"鬼话"的，并不是说我经历了很多故事，只是觉得仅凭第一眼就喜欢上对方，甚至爱上对方，这实在是太难了。

　　但是自从见到她之后，我相信了，我真的相信了，人与人之间那种微妙的感情，有时候真的单凭一丝眼神、一个动作、一抹微笑就能在电光石火之际，烟花般华丽盛大地产生了。

　　至今还记得第一次见到安翠芳的情形，那天姨妈叫我们所有的员工都到会议室里开个短会，至于会议的内容，我已经记不起来了，唯一印象深刻的是当我走进会议室里，就看见一个年龄与我相仿，抿着小嘴，睁着一双无辜的大眼睛，安静得像一朵出水芙蓉的姑娘的时候，视线当场定格在了那里，心像被什么牵动了一下，一种暖洋洋的感觉，瞬间夏花般绚烂开来，悄无声息，蔓延全身，就这样没完没了地将我吞噬了。

　　我并不是那种没见过美女的愣头青，可是我却不知道为什么，落在她身上的目光再也无法移开了，像是钉子一样钉在了那里，直到姑娘似乎发现了什么，冲着我嫣然一笑的时候，我这才如梦初醒，意识到先前的失态，像一个偷糖被抓住的孩子一样，羞红了整张脸，挠了挠头，不好意思地报之一笑，随即把眼光投向他处。

　　那时候我刚刚毕业到中心上班，很多同事都不认识，甚至没有见过，事后问张哥才知道她就是安翠芳，不过一细问，热腾腾的心当场凉了一大半，安大美女人称"灭绝师太"，因为人长得漂亮，从初中开始身边就不乏追求者，也曾轰轰烈烈地谈过几次恋爱，但都无疾而终，所以年纪轻轻，就有些愤世嫉俗。

　　然而她的那些经历，却为她负责恋爱婚姻这一块的工作提供了良好的帮助，谁要是因为恋爱婚姻想不开，找她准没错，保证你前一秒还是哭哭啼啼进去，后一秒就笑靥如花地走了出来。

这么一位"神人"，自然不是那么好对付的，吃瘪之事频频发生，也因此常常被张哥戏谑。

心理咨询师跟记者一样，是个从来不缺少故事的行业，与我们中心两大王牌科室都有关的我，这些年自然少不了遇到一些好玩、有趣、离奇、诡异的心理障碍案例。接下来，我将继续讲述我当心理咨询师那些年遇到的怪诞事件，保证每一例都足以让你瞠目结舌，难以置信！

按照惯例，我在此特别声明，我说的这些案例均进行了大量模糊处理，涉及的人名和地名以及背景做了相应的化名和更改，只保留了怪诞案例的名目和症状，而在具体情节上则做了大量的艺术改编，如有雷同，纯属巧合，请勿对号入座，谢谢！

目 录
CONTENTS

NO.01
男子偷窥癖上瘾 /001

待他上大学时,各种偷拍神器纷纷面世,像什么针孔摄像机、迷你数码相机,他没事就带着这些偷拍工具,在公交车上、地铁上、人群密集的地方偷拍女人,并制成小视频,还加入了一些偷拍QQ群和网站,与一帮偷窥爱好者相互交流偷窥心得和技巧。

NO.02
总感觉背后有一双眼睛盯着自己 /047

如此过了几天,这种如芒在背的感觉,不但没有消除,反而更加强烈了。不管是白天还是夜晚,不管是在卧室还是在厕所,我老感觉有一双冷冰冰的毫无善意的,像响尾蛇一样的眼睛一直在盯着我,注意着我的一举一动,像是在监视,又像是在偷窥。

NO.03
男子自称来自另一个时空　　　/081

听他这么一说，我忍不住脑补起来，高峰架着一台时间机器穿梭于不同空间，以此改变他的人生，不对，他是以跳楼来实现穿越的，他跳楼回到过去和未来。咦，怎么这么像国产穿越小说，该不会是他看穿越小说看傻了吧？我一个不留神，"扑哧"一声笑了出来，笑出来后，意识到自己的不对，忙捂住自己的嘴，尴尬地看着他们。

NO.04
大妈无法辨认出任何人的面目　　　/125

生活中，一般人经过几次接触都能够轻松认出与自己交往的对象，但是对于患有脸盲症的人来说，不管是朋友还是家人，都很可能会形如陌路，相见不相识，贾如芳贾大妈就是这样的人。

NO.05
自己跟自己结婚的男人　　　/161

现在大多数人是独生子女，孩子的玩伴越来越少，三岁左右的宝宝，大多会假想出一个或者几个小伙伴在他身边，陪他玩耍、讲话。孩子的假想朋友也许是一只玩具熊、一条小金鱼、一个小枕头，甚至是他头脑中的一个小精灵、一只小魔兽。随着年龄的增长，孩子会慢慢分清幻想与现实，这些朋友也会自然消失。但在极端情况下，一些假想朋友不会消失，他们会跟着孩子一起慢慢长大……

NO.06
借尸还魂记 /189

这个世界上是没有鬼的，就算有鬼也是心中有鬼，我当心理咨询师这些年来，曾经接待过各式各样所谓遇到灵异事件的来访者，有的说看到鬼，有的说掉了魂，更有甚者说被鬼上身，他们当中最让我觉得不可思议的，当属蔡旭的"七鬼上身"事件。

NO.07
女子觉得自己是个僵尸 /231

房山这一带一直有这么一个传说，有一个面无表情的女人，经常出没在山里的坟地之间，她非常凶残，专门靠吸人血为生，据说有多人丧命于她手，他们这里的人称她为"无脸女人"。

NO.01
男子偷窥癖上瘾

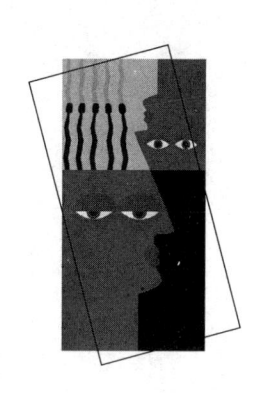

案例编号：1200753679			
姓名	黄伟聪	职业	互联网技术人员
性别	男	婚姻	未婚
年龄	26	住址	北京朝阳区
症状情况	受了不良资料的误导和他人蛊惑，从小就染上了偷窥的坏毛病，已有二十余年		
治疗结果	成功		

第一章

要说我们心理咨询中心谁最特立独行,那自然是非张哥莫属。他这个人向来不走寻常路,我行我素,独具一格,就算治疗心理上的疑难杂症,也是别出心裁,就拿治疗黄伟聪的偷窥癖来说吧,他的手段真是闻所未闻,见所未见,甚至有些不正常,除了他这种"叛道离经"的人会这么干,我想其他心理咨询师估计连想都不会想到。

一切还得从黄伟聪踏进我们心理咨询中心说起,那天我正在办公室里整理来访者的资料,负责接待的美女阿怡敲门进来问:"子瑜,你现在有空吗?"

她的脸色看起来不是太好,我打趣了一下说:"有啊,怎么啦?是要约我吃饭吗?"

"我倒是想哟,就是怕张哥吃醋扒了我的皮啊!"阿怡原本紧绷的脸，一下子笑了。

我向她直竖拇指说："哎呀，阿怡你行啊，啥时候跟张哥好上了啊？可以啊，啧啧啧，我就说最近你怎么老往他办公室里跑呢，原来是这么回事，挺好的，你俩蛮般配的，恭喜恭喜，啥时候请我喝喜酒啊？"

"去去去，是你俩请我喝喜酒才对吧。公司谁不知道你俩关系不一般！"阿怡看着我呵呵笑了起来。

"我的好阿怡啊，这话你可不能乱说啊，我和张哥之间一直都是清清白白的，我们关系是好，但只限于师徒关系！"我一听头就大了，忙做拜托状，"你可别乱传，我可求你啦！"

阿怡嘟着嘴道："逗你玩呢，看把你急得，我知道你喜欢的是小安！"

我嬉皮笑脸地说："这个我承认。"

阿怡奸笑着说："可是人家小安不喜欢你，哈哈哈……"

我耸了一下肩，无奈地说："人艰不拆好不？"

阿怡突然想起来什么："哎，光顾着跟你打趣呢，差点把正事忘了。你还记得前些天网上传得沸沸扬扬的'SOHO偷拍门'吗？"

我点点头，说："知道啊，就是在SOHO办公的一家电商公司，一个姓黄的男职员跑到女洗手间用手机偷拍女生被当场抓住，后来扭送到派出所，民警在他的手机里发现了大量女性私密处偷拍照，当时有人拍下他被抓的情形上传到了网上，引起了一大批吃瓜

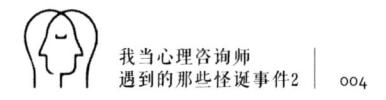

群众围观事件。"

这个事件前几天在网上传疯了,虽然已过去一周,但依然是热门搜索事件。

阿怡这时突然压低声音,说:"那个男的叫黄伟聪,现在他就在咱们公司前台呢。"

"哦?真的吗?!"我有些吃惊。

阿怡微微颔首。

不过,我很快释然:"他是来看心病的吧。"

"他一进门,我就觉得眼熟,我问他想看哪科?他支吾半天不肯说,我以为他是不了解我们的业务,于是跟他简单介绍了我们咨询中心的科室,当我说到心理障碍科的时候,他说那就看这科吧。这时我突然想起来他是谁了,他就是'SOHO偷拍门'的变态男!唉,真太恶心了,这种男人……"阿怡说到最后,脸上表现出厌恶的表情。

难怪她一进门就臭着一张脸,女人对这类事情有本能的厌恶感。

我安慰她说:"你别这样,人家是心理有障碍,未必真是色狼。"

阿怡白了我一眼,说:"我当然知道,就是想到他跑到女厕所偷拍就觉得恶心,手机里还有那么多……算了,不说了,子瑜,你现在有空吗?张哥那边安排得还挺满的,我想将他安排到你这边。"

我耸耸肩,说:"你请他进来吧。"

很快,阿怡就领着黄伟聪进来了。

他被抓的视频我也点开看过，因为是手机拍的，镜头晃动，只记得一群人围住他，他跪在地上求饶。

这时见到真人，第一印象就是这小伙子长得很高，目测应该有一米九〇左右，留着短发，戴着一副黑框近视眼镜，精神状态不是很好，看上去有些颓废。

阿怡将我们相互介绍了一下，然后像逃难般地出去了。

我招呼黄伟聪坐下，给他倒了一杯茶，微笑地说："黄先生，你好，我叫欧阳子瑜，不知有什么地方可以帮到你的？"

黄伟聪没有直接回答我的问题，反而问道："刚才你同事是不是又在说我偷拍的事情了？"

他突然冒出来这么一句话，一时之间，让我有点语塞，好在我反应快，马上接上话说："没有，刚才我同事进来是问我得空不得空。"

"其实，你用不着为她遮掩，我知道你们都认出我了。"黄伟聪苦笑一下，"没错，我就是'SOHO偷拍门'的那个人，因为这件事，我的工作丢了，人也被派出所关了几天，出来后一上网才发现我的事情全国人民都知道了。"

我干涩地笑笑。

他继续说："其实，这一切都怪不得别人，完全是我自作自受。这几天我备感煎熬，知道自己的偷窥癖再不治疗，以后肯定要出大事，所以鼓起勇气来到你们心理咨询中心，看看有什么根

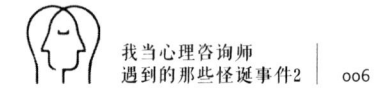

治的办法。"

"你说你有偷窥癖?"听他这么说,我感觉事情不仅仅是偷拍那么简单。

黄伟聪坦然地说:"你们应该也知道,我去洗手间偷拍女人已经不是第一次了,之前干过好多次,被人发现也不是没有过,只是没有像这次影响这么大。除了去洗手间偷拍女人如厕,我还会扒在别人浴室外的窗子下偷拍女人洗澡,有时候甚至会在地铁里、超市里、公交车上偷拍女人的裙底。我知道自己有些变态,但就是控制不住自己,像是吸毒上瘾似的,无法自拔。"他搓着自己的双手,一副不好意思的模样。

他这种无法自拔的情形,我能理解,许多心理障碍都是因为上瘾而造成的,如手淫、异食癖、异装癖等。我问:"那你是从什么时候开始沉迷这种并不正常的行为呢?"

黄伟聪点着头想了想:"这个应该从我七八岁的时候说起,有一天周末我去邻居家玩,无意中发现了一本色情画册……"

第二章

黄伟聪说,他只是看了一会儿。

然而就是这么短短的几分钟,却像刀子刻入了他的脑子里,从此再也无法磨灭，回到家后，黄伟聪满脑子都是刚刚色情画册里裸体女人的画面，那是他人生中第一次看到女人的裸体，他觉得很刺激也很兴奋，浑身燥热无比、口干舌燥，过了许久方才平静下来。

安静下来后，他觉得刚刚经历的一切非常美妙，弱小的内心在狂野地呼唤要再多来一次这种奇妙的体验，他之后又多次去邻居家偷看。后来，邻居家起火，他再也没有看过那本色情画册了。

然而邻居家那本色情画册里的裸体女人却像一颗种子似的就此在他的心中生根发芽并茁壮成长起来。

那天之后，他曾趁爸妈不注意的时候，彻底搜索了一遍爸爸的书房，但是一无所获，他想到了平常卖小人书的书店，或许那里有。

于是他揣着平时积攒下来的零花钱去了书店，向书店老板买那种女人没穿衣服的书，不但没买回来，反而被书店老板将他买黄书的事情告诉了他的父母。

这更让他对裸体女人充满了好奇和兴趣，可是书找没找到，买也没买到，怎么办呢？他想到了放学路上的那个公共洗澡间，每天放学回家的路上，他都看到好多阿姨、大姐姐去那里洗澡，于是兴奋地跑去看。

结果刚刚要进女洗澡间，就被门口的一名漂亮大姐姐拦住了，大姐姐笑着跟他说："小朋友，这是女洗澡间哦，不能进去，你想洗澡去对面的男洗澡间哟。"

"为什么呀？"黄伟聪歪着脑袋问。

"因为你是男生呀，男生跟女生不一样，男生去男生的洗澡间，女生到女生的洗澡间。"大姐姐摸摸他的头，继续说，"知道了吗？去对面吧，小朋友最乖啦。"

黄伟聪"哦"了一声，小跑走了。

黄伟聪说到这里，喝了一口茶，接着说："那时候我但凡将他们当中任何一个人的话听进去，估计就没有后来的事情了，但是当时太小，压根就听不懂他们大人说的。我跑开后，又绕了回来，我知道不能就这么闯进去，于是在公共洗澡间转悠了一圈，东看看西瞧瞧，看看有啥办法，终于在公共洗澡间后面我看到了一排透气窗，那里正云雾袅袅，冒着热气。我观察了一下地形，女洗澡间透气窗这边正好有一堵围墙，如果我能爬上那堵墙的话，就能趴在墙上通过透气窗看到里面的情况……"

我说："你就是爬上了那堵墙，通过女洗澡间的透气窗做了人生中的第一次偷窥？"

"是的，就是这样子。那堵墙其实有三米多高，我那时候才七八岁，也不知道自己怎么会有那么大的毅力，尝试了两三次后，居然爬上去了。通过女洗澡间的透气窗，我看到里面一片白花花的屁股，虽然她们并没有像邻居大哥画册里的那些裸体女人那么风骚，但我还是看得口干舌燥、浑身燥热……这种感觉我觉得很过瘾……所以后来我很自然地隔三岔五就去偷窥一回……"

"难道你没有被发现过吗？"

"怎么可能不被发现，其间我被抓了好几回，但是她们见我是个小朋友，当面批评了几句也就放我走了。或许是因为我被抓的次数太多了吧，让她们知道有个小坏蛋没事就去偷窥她们，没过多久，那堵墙上被安上了玻璃，我没办法再爬上去了。但是此时的我，早已染上了这种偷窥的坏毛病，很快我在我上的小学女教师洗澡间和女厕所找到了偷窥的乐趣。"

黄伟聪说，公共洗澡间一事之后，他很快通过踩点"开辟"了偷窥的第二战场和第三战场。

在学校里偷窥风险指数要比在公共洗澡间大，尽管有了之前的经验，他更加小心谨慎，不过还是被抓住了好几次，前几次学校睁一只眼闭一只眼，就那么过去了，但是第四次被抓时，他没有那么幸运了。

那次他偷窥的对象正是学校里最不能惹的训导主任，那一次学校通知了他的父母，训导主任当着他父母的面数落了他半天，回去之后，他被爸爸妈妈狠狠地教训了一顿，而他"小色狼"的外号也传遍了整个学校。

这件事发生后，黄伟聪安分了一阵子，但是没过多久，他就按捺不住内心的骚动了，他不敢在学校里再闹事，将目光转移到了公共女洗手间以及家附近的邻居。

据他自己说，离他家不远处有一邻居，他们是一对年轻夫妇，

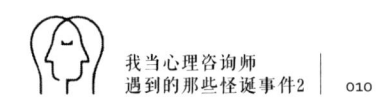

其中那名女邻居长得非常漂亮，身材又好。第一次见到她的时候，他就想看她光着身子的样子，跟踪人家到了家里，发现她家住在一楼，窗子比较低，心中暗喜。

他偷偷将人家卫生间的窗子弄坏，每天都跑去观察，摸清了女邻居洗澡的规律，然后一到人家洗澡的时候，他就跑过去，躲在窗外偷窥。

这么一晃几年过去了，小学升初中后，黄伟聪接触了一些黄色光碟，常常趁父母不在家，一个人偷偷看，黄色小电影虽然满足了他的心理所需，但是他总觉得偷窥比看小黄片来得更直接更刺激，所以依然不时出去偷窥。

待到读高中时，手机开始普及，他没事就拿着手机出门偷拍女人，甚至为了偷窥，他以看星星为名，让爸爸买了一架高倍望远镜。

晚上他吃完饭，回到房间，就拿着望远镜四下扫射，总有一些女的洗澡忘记关窗户，或者以为自己住在高楼上，别人看不到她，在家穿着很暴露的睡衣或者披肩走来走去。

待他上大学时，各种偷拍神器纷纷面世，像什么针孔摄像机、迷你数码相机，他没事就带着这些偷拍工具，在公交车上、地铁上、人群密集的地方偷拍女人，并制成小视频，他还加入了一些偷拍QQ群和网站，与一帮偷窥爱好者相互交流偷窥心得和技巧。

黄伟聪说其实他曾想戒掉这个毛病好多次，但是都未果，其中让他最下决心的是跟女朋友闹分手的那一次。

大二的时候他跟同校的一名女生好上了，她很漂亮也很清纯，他们在一起的时候，她无意中发现了他偷窥的毛病，她觉得他很变态，要他改掉这个坏毛病，不然就跟他分手。

黄伟聪在她面前发誓一定改掉，并将所有偷拍来的照片、视频统统删了，甚至连之前加的各种偷拍群都退出来了，以示决心。

第三章

如此坚持了两个月，他的坏毛病又按捺不住复发了，他暗地里又开始偷窥起来，为了不给女朋友留下证据，他只看不拍，以为这样就可以瞒天过海，结果没过多久，他就被女朋友逮了个正着。

那天，他陪女友上街，走在一个广场的时候，他突然有些内急，看到旁边正好有一排移动洗手间，于是跟女友说了一声，选了其中一个钻了进去。

方便出来后，他无意中发现隔壁移动洗手间的门似乎坏了，留着一丝门缝，透过门缝，他看到一个很漂亮的女生蹲在里面正玩着手机，他忍不住多看了几眼。

这时，他突然觉得耳朵疼，回头一看，发现女友不知什么时候来到了他的身后，气冲冲地瞪着他，右手扭着他的耳朵往外拉。

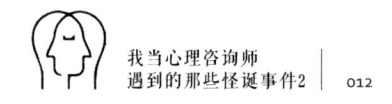

他忙求饶说:"疼疼疼,轻点轻点。"

"你是怎么答应我的?"女友放下他的耳朵,生气地说,"现在才过去三个月,你就这样了,你太不靠谱,以后我还能相信你吗?"

"嘘嘘嘘,小声点,亲爱的,来咱们走远点再说。"说着,他想拉着女友走远点再解释。

"我不走,放开我!"女友此刻正在气头上,哪肯走,她甩开他的手,更大声地说,"黄伟聪,你自己干了恶心事还不敢让人知道,我跟你说,咱们完了。"

黄伟聪忙解释说:"亲爱的,你听我说,我刚才真的不是有意要偷窥别人的,只是无意间看到的,你再信我一次好不,我下次改,我一定改!"

"放开你的脏手,别碰我!"女友再次把他的手甩开,气急败坏地说,"我跟你说,咱们完了,以后你是你,我是我,别再找我,我不想再见到你。"说完,她掉头就走了。

黄伟聪忙追上去,再三解释,但是女友压根就不想听,他一把拉住她,想好好跟她说,女友站是站住了,但是冷冷地说:"放手,你再不放手,我可要叫非礼了啊!"

黄伟聪看着女友冷漠的表情,只好无奈地松开了手。女友没有多看他一眼,甩头走了。

事后,黄伟聪虽然找过女友好几次,但是都无功而回,两人就这么断了关系。

这件事对他的打击很大，很长一段时间里，他没有再干偷窥的勾当，然而随着时间的流逝，渐渐地的，他好了伤疤忘了疼，又周而复始了。

大学毕业后，他依然断断续续持续着偷窥，其间也出过娄子，但最后都是大事化小、小事化了，直到"SOHO偷拍门"事件的发生。

黄伟聪说，他偷窥的那名女生其实是他心仪已久的对象，他曾经多次跟对方表白，但都遭到拒绝。

那天他们公司在大会议室里开全体员工大会，巧的是他和他心仪的女生就紧挨着坐在一起，他欣喜若狂，闻着从她身上传来的阵阵体香，更是让他心乱情迷，他不时偷看着心仪女生美丽而清纯的脸庞。会开到一半，心仪女生起身出去了。

心仪女生是拿着水杯进来的，出去打水的可能性为零，电话也没响，出去打电话的可能性也排除了，黄伟聪心想，她应该是出去上洗手间了。

一想到洗手间，他立马联想到了诱人的裸体、白花花的屁股，他的心忍不住快速跳了起来。他鬼迷心窍地跟着出了会议室，一出门，果然看到心仪女生正朝着洗手间的方向走去。

他的心跳得更快了，是直接跟上去偷窥还是待在原地？他的大脑飞速地转动着，脑子里似乎有两个小人，一个说去，一个说不去。

说去的小人说，万一被发现了，那时候就是身败名裂；说不去

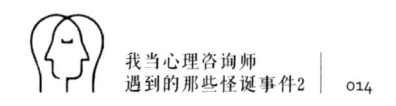

的小人说，大家都在开会，洗手间就只有心仪女生一人，只要小心点，偷拍几张照片赶紧出来，绝对不会出事。

脑里的这两个小人就这么来回争论着，最后说去的小人占了上风。

主意已定，黄伟聪不再犹豫，快步赶了上去，进入了女洗手间里，他蹑手蹑脚来到了心仪女生的隔壁，然后踩在马桶上，爬到隔板上，探头过去，看到心仪女生正坐在马桶上玩手机，他用手机拍了几张照片，然后开始录像。

结果没录多久，心仪女生不知道为什么突然抬头往上看，由于事发突然，他压根来不及做任何反应，二人就这么对视了几秒，随后那心仪女生尖叫了一声，大叫道："有流氓啊！"

黄伟聪顿时被吓得魂飞魄散，连忙跳下来往外跑，心仪女生很快追了出来，一边追一边叫："抓流氓啊，抓流氓啊！"

也活该黄伟聪倒霉，他刚刚一出女洗手间，正好撞上休会前来上洗手间的同事们，一个男的从女洗手间惊慌失措地跑出来，后面跟着一个衣衫不整、嘴里叫着"抓流氓"的女生，不用脑补，都知道发生了什么事情。

走在前面的男同事于是前去抓黄伟聪，但是他不甘束手就擒，还不断地反抗，后经几个强壮的男同事合力方才把他按倒在地。

同事们问黄伟聪到底怎么一回事，他沉默不语，那名女生哭哭啼啼地将他偷窥的事情一五一十地说了一遍，起初黄伟聪还百般狡辩，但同事从他手机里调出照片和视频后，他又沉默不语了。

同事们气愤他这种拒不认错的态度，随即有人说"干脆报警算了"，黄伟聪一听要报警，吓坏了，他跪在地上不断地向众同事求饶未果，很快警方就赶到，将他带走了。

因为这事，黄伟聪被警方关押了五天，出来后收到了被公司开除的通知，因为嫌丢人，他没去公司办理离职手续，甚至连留在公司里的个人物品都没去拿。

而他当时跪地求饶的那一幕被好事的同事录下来，后来传到了网上，原本只是办公室里一件见不得人的小事，转眼间如病毒般传播，成了全国性话题。

网上的那些讽刺和辱骂，黄伟聪可以当成耳边风，但是身边的异样眼光他不能不重视，尤其是他爸爸得知了他的丑事之后，一气之下病倒了；他妈则不停地掉眼泪，说全怪她，从小就没将他教育好，长大了捅出了那么大的娄子；隔壁邻居更是对他指指点点，女的见了他比见了鬼还怕，老远就躲着他了。

连日来，黄伟聪东躲西藏的，不愿见人，内心备受煎熬，他伤心！他痛苦！他悔恨！有时候甚至连死了的心都有。他痛定思痛想了很久，最后终于打定主意要来看心理医生！

希望能通过专业的指导，改掉偷窥癖，重获新生！

第四章

黄伟聪说完后，长吐了一口气说："感觉舒服多了，这么多年来，虽然我也曾经跟一些朋友说过一些关于我偷窥癖的事情，但是像今天这么事无巨细地说出来还是第一次，感觉像是卸下了千斤重担，整个人轻松了不少！欧阳咨询师，谢谢你的聆听，事情基本上就是这样，不知道有什么办法可以治我这个偷窥癖啊？"

"黄先生，首先感谢你的信任。"我微微一笑，接着说，"从你的讲述来看，这个偷窥癖已有二十来年了，其间你也尝试过改掉，但是未果。老实说，针对你这种情况，治疗起来是有些麻烦，但是只要你持之以恒，全力配合我的治疗方式，我还是很有把握治好你这个坏毛病的！"

"真的啊，那真是万分感谢你了。"黄伟聪闻言大喜，向我保证道，"欧阳咨询师，你放心，只要能治好我这个毛病，有什么办法全都使出来，我一切都听你的！"

"很好。经过'SOHO偷拍门'我相信你已经有了深刻的认识。偷窥这种事，一个不是，真的就会断送前程、身败名裂，严重的就是要蹲监狱，所以我希望你以后每当内心冒出想要偷窥的念头时，能马上想到这次的教训，及时警醒自己，悬崖勒马，然后找本你自己喜欢看的书或者电影看看，以此转移注意力。"我随后补充道，"你之前也尝试改掉偷窥癖，我想这个转移注意力的办法，你肯定试过很多次，像什么看书看电影或者散步逛街，不见得会有效果。所以我这里给你来一剂猛药，如果上述办法还是阻挡不了你偷窥的念头的话，你就直接在网上找到你同事录制你求饶的那个视频，看看自己的下场，再好好想想，难道你还想第二次这样吗，我相信你会再三考虑的。"

黄伟聪微微有点尴尬地说："不瞒你说，我之前确实采用过转移注意力的办法扼杀心中偷窥的念头，但是效果不大明显。你要我去看我被抓时的视频，这一招真是太狠了，咳，我就是因为看了那个视频，内心接受不了才决定来这里的。"

"黄先生，我不是想伤你的自尊，偷窥癖它不是病，只是一种很顽强的心理障碍，尤其是像你这种上了年头的瘾，没有猛药你是对抗不住的。"

"我知道，我会照做的。"黄伟聪毅然地点了点头。

"好，我这里再给你开点氯丙咪嗪，偷窥其实就是强迫冲动使然，当你偷窥的念头强烈时，可以服用这些药，它可以帮你抑制这种冲动。黄先生，你先按照我的办法试三个月看看，如果效果好，就继续保持，相信坚持个半年，你差不多就能好了。如果不成，你到时再来我这边，我再给你想想法子。"

"好的，欧阳咨询师谢谢你啊。"

"不客气，希望能够帮上你。"

送走黄伟聪后，我连忙将他的情况和我的治疗方案整理了一份报告出来，发了邮件给张哥。本来我是不需要这么做的，从张哥手下"解脱"出来后，虽然还是见习心理咨询师，但好歹也算是半独立状态，不需要事事向他汇报。

但是之前曾有两三次因为经验不足，耽误了来访者的治疗，为了对来访者负责，所以我接待的每个访客我都将他们的情况和我的治疗方案整理成报告发给张哥，请他再帮我把下关。

发送完后，我觉得有些累，本想休息一下，但想到摄像机里的视频资料没有拷贝整理，就强打着精神继续工作。

我本着爱岗敬业的精神重新看了一遍视频资料，却有了意外的发现。

当我问他是从什么时间开始这种行为的时候，他说是在邻居家发现了色情画册之后。

而他回答我的问题时，我正好接听了张哥的电话，却因此忽略了一个重要的细节，幸好被摄像机记录了下来，当时黄伟聪回答说："当时，我是在梁叔叔家……"

我的手机正好响起，我说了一声"抱歉"，接过电话后，黄伟聪重新回答了我的问题："当时，我是在邻居家……"

同一个问题，黄伟聪却用"邻居家"代替了那个所谓的"梁叔叔家"，如果他开始就说那个邻居姓梁，我也不会觉得有什么不妥，但是他的突然改口，让我隐隐感觉，他似乎还有什么事情瞒着我。

当然了，这也可能是我的职业敏感，张哥曾经说过：当心理咨询师的，其实和刑警差不多，刑警是破案抓凶手，而心理咨询师就是解开患者心结，破除心病，靠的都是不放过任何蛛丝马迹。

第五章

我于是马上给老熟人李达警官打了电话，拜托他帮我调查一下黄伟聪的小学同学或者邻居，本来这种事李达是不会答应帮忙的，但是待问清缘由后，他同意了。

要说老李就是靠谱，第二天就给我回了个电话说，黄伟聪小时候，经常随父母搬家。不过他还是帮我联系到了一位黄伟聪的邻居，名叫苏尚。

随后，我通过视频和苏尚通话，询问了有关黄伟聪的一些细节。

虽然很多年没见了，不过关于黄伟聪，苏尚还是记忆犹新，尤其是出了最近这件事。

我一边和苏尚聊天，一边记录，当我问及那个"梁叔叔"的时候，苏尚点点头，说："那个男人叫梁又道，他是我们的自然老师，在我们读一年级那年的暑假搬来的，就住在黄伟聪家的对面，不过第二年春天，他就搬走了。"

我问："他和黄伟聪关系好吗？"

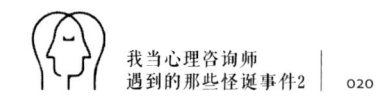

苏尚说:"岂止是好,他们简直就是忘年交。"

我追问:"忘年交?"

一个三十多岁的男人会和一个九岁的小男孩成为好朋友?

我心里闪过一个念头:这家伙不会有恋童癖吧?

或者说这个小男孩有什么特殊的地方吸引着这个男人吧!

这也更让我对黄伟聪的回答耿耿于怀,他明明和梁又道很熟络,却刻意用"邻居家"替代了"梁叔叔"。

他似乎也在刻意隐瞒这个人。

我问:"梁又道有孩子吗,或者说有家庭吗?"

苏尚想了想,说:"他有没有孩子或家庭我不清楚,但在我的印象里,他始终都是一个人。"

我问:"能和我说说黄伟聪和梁又道的关系吗?"

苏尚说:"在他搬来之前,黄伟聪一直挺孤僻的,没人愿意和他做朋友。"

我问:"为什么呢,他不好相处吗?"

苏尚叹了口气,说:"那家伙喜欢小偷小摸的,班上经常有同学丢失铅笔和橡皮,都是黄伟聪偷的,大家都挺讨厌他的。如果不是因为他妈妈和我妈妈是好朋友,我也不愿意和他做朋友。"

我问:"后来呢?"

苏尚说:"后来不知道怎么的,黄伟聪突然就疏远我了,后来我发现,他经常有事没事就往梁又道家里跑,整天神秘兮兮的。"

我问："你就没有问问原因吗？"

苏尚说："我才懒得问，我巴不得他离我远点呢，不过后来又发生了一件事。"

我问："能具体说说吗？"

苏尚说："班里有人丢了一盒水彩笔，大家怀疑是黄伟聪偷拿的，所以就打开了他的书包，你猜，我们翻到了什么？"

那一刻，我以为他们翻到了色情画册或者更加过分的东西，没想到苏尚却说："我们翻到了一个面具。"

这倒是出乎我的意料："一个面具？"

苏尚点点头，说："没错，一个棕色的面具，不过那面具给人感觉很不好。"

我问："是恐怖面具吗？"

苏尚说："那面具上没有任何图案，只有一个小孔。"

我问："什么样子的小孔？"

苏尚说："就是一个很小的孔，大概在面具右眼的位置。"

我微微颔首，问："然后呢？"

苏尚说："然后大家就戴着那个面具玩，这时候，黄伟聪回来了，他一把夺过面具，还呵斥我们翻他的东西。再后来，他就离我们更远了，直至二年级的上半学期，他转学离开了。"

我追问："那梁又道呢？"

苏尚说："黄伟聪一家搬走后不久，他也搬走了，再之后就没

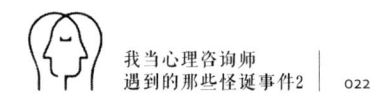

有见过他们了。直至我的朋友找到我，说有一个心理咨询师想要询问有关黄伟聪的事情。"

我又问了苏尚其他的一些问题，然后结束了视频通话。

第六章

本以为这只是我多想了，没想到这背后的事情似乎比我想的更深邃和复杂。

我又拜托李达警官帮我调查一下这个神秘的梁又道。

随后，我给黄伟聪打了电话，约他下午再来我们中心一趟。

下午两点，黄伟聪如约来到了我们中心，我说针对前一天的谈话，我想补充一些问题。

黄伟聪笑笑说："你问吧。"

我说："昨天我问你什么时候出现这种行为的时候，你说是在小时候偷看邻居家的色情画册开始的。"

黄伟聪微微颔首道："没错。"

我淡然地笑笑："那你还能回忆起那个邻居叫什么吗？"

那一瞬间，黄伟聪的眉间掠过一丝惊异："欧阳心理师，你这是在调查什么吗？"

我耸耸肩，说："你不要误会，我只是随便问问而已。"

黄伟聪说:"那个邻居好像姓梁,具体叫什么名字,我忘记了。"

我从笔记本里摸出一张梁又道的照片,推到黄伟聪面前,说:"你看看,是这个人吗?"

黄伟聪眉头一皱,抬眼看看我,说:"可能是吧。"

我笑笑说:"这么说,你和这个姓梁的邻居不熟悉了?"

黄伟聪点点头,说:"毕竟过了那么多年,就算有印象也很模糊了。"

我随即打开了手机,播放了中午和苏尚视频通话的资料,黄伟聪看后很是愤怒:"你竟然暗中调查我,还找到我的小学同学苏尚!"

我不急不躁地说道:"黄先生,我希望你能保持冷静,既然你找到我咨询,希望我能帮你打开心结,祛除心病,那你就应该相信我,将你所有的信息毫无保留地告诉我,这么看来,你似乎并不相信我。"

黄伟聪的语气缓和了下来:"欧阳心理师,我只是觉得我来做心理咨询,没有必要将其他人也牵扯进来吧。"

我笑笑说:"那你能和我谈谈这个梁又道吗?"

虽然有些不情愿,不过黄伟聪还是向我打开了心扉:"梁又道是我们的自然老师,在我读一年级的那年暑假搬到我家对面的,有一天,我由于偷拿同学的文具又被老师叫了家长。"

黄伟聪说了"又",看来,苏尚说得没错,他的偷窃行为不止一

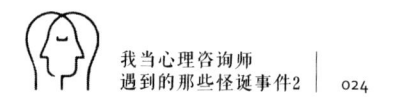

次了。

黄伟聪继续说:"我被罚在门外站着,正好梁又道路过,他问我为什么站在这里,我向他说了实情,他替我找到了我爸妈说情,爸妈看在他的面子上,再次原谅了我。说真的,当时我挺感激他的,后来他经常邀请我去他家里玩,还说愿意和我做朋友。"

我想了想,问:"嗯……他有没有对你,做过一些比较亲密或者过分的行为?"

黄伟聪摇摇头,说:"这倒没有,每次他邀请我过去,就只是让我在客厅看动画片,有一次,我一边吃东西,一边看书,零食掉到了沙发下面,我去捡零食的时候发现沙发下面有一个盒子,盒子里就是色情画册。"

我问:"然后你就开始偷看了吗?"

黄伟聪摇摇头,说:"我只看了一次,第二次我想看的时候,发现盒子不见了,但很快,我就发现那本色情画册被藏到了电视柜后面,后来色情画册再次被转移,反复多次,但每一次,我都找到了!"

说到这里的时候,我发现黄伟聪的声音尖锐了起来,呼吸也有些急促。

很显然,这个话题引起了黄伟聪的兴奋。

他继续说:"不知道为什么,每一次,我找到色情画册之后,偷看的兴奋度就会提升,这也激发了我下次寻找和偷看的冲动。"

当黄伟聪说到这里的时候，我的眼前缓缓浮现出年幼的黄伟聪努力寻找的影子，而在他身后的房间里，梁又道轻轻撩开了帘子，他偷看着眼前的一切，而年幼的黄伟聪没有丝毫的察觉。

一次又一次，反反复复。

梁又道分明是在诱导年幼的黄伟聪！

这就是一场三十多岁的成年人和九岁小学生的追逐和博弈！

虽然我不知道他这么做的目的，究竟是出于找乐子还是另有原因，但我能够隐隐感到那股从二十多年前传递而来的寒意。

我说出了自己的猜测："你有没有想到，其实，梁又道早就发现了这一切，他是故意这么做的？"

黄伟聪冷笑一声："他故意这么做？他只是怕我偷看到那本画册吧！"

我一时也不知道如何回答，毕竟，他说得也有道理。

我话锋一转："后来呢，你什么时候结束这种偷看的？"

黄伟聪说："没过多久，梁又道家发生了火灾，他重新装修了房子，我试图寻找过，但什么也没找到，我只好压抑着那种感觉。"

我说："能和我说说那副面具的事情吗？"

黄伟聪说："那是梁又道送给我的，就在他的家重新装修后，有一次，我去他家里玩，看到他在把玩那个面具。我感觉那面具很有意思，没有眼睛、鼻子、嘴巴，也没有任何图案，只是在右眼的位置有一个小孔，我问他那个面具是做什么的，他说是帮他重新发现这个世界的。我不相信，他将面具戴到我的脸上，你猜怎么着，我的眼睛透过小孔看到他，竟然有一种莫名其妙的愉悦感。他问我是不是很有意思，我说是，他就将面具送给了我，还告诉我，要善于发现世界。"

黄伟聪的话让我感到了更深的寒意，而他接下来的话让我意识到梁又道的险恶用心。

黄伟聪继续说："从那以后，我没事总是戴着那个面具，透过小孔的世界，男男女女，突然就有了奇妙的趣味，再后来，我喜欢各种小孔小洞，我喜欢透过孔洞看一切。"

我追问："那梁又道呢？"

黄伟聪说："在我读二年级的时候，我随父母搬去了外地，就再也没有见过他了。"

听完这一切，我已经可以确定，梁又道就是当初发觉并诱导黄伟聪偷窥癖的人。他很可能深谙心理学，所以他在发现黄伟聪喜欢偷东西之后，他问了黄伟聪，黄伟聪说真正让他感觉快乐的是"偷"的行为，他喜欢那种躲在别人背后，偷偷摸摸的感觉，只是当时黄伟聪的"偷"的欲望并未完全成形，且处于萌芽阶段。

因此，他搬去黄伟聪家对面，利用藏匿和寻找色情画报暗示和激发黄伟聪的寻找欲和偷窥欲。

在他成功激活这一切之后，他利用面具上的小孔对黄伟聪进行了更深一步的诱导，让黄伟聪彻底迷恋上了这种感觉，并不断变化升级，让他在偷窥的道路上越走越远。

最重要的是，黄伟聪对这一切毫无察觉。他不知道，在他遇到梁又道的那一刻起，他的命运就被改变了，不，准确地说是被操纵了。

只是，我仍旧不明白，梁又道这么做的动机是什么？

第七章

第二天早上我刚刚进到中心大门，就看到张哥在向我招手，我屁颠屁颠跑过去问："张哥，发给你关于黄伟聪的报告你看了吧，怎么样？有什么建议？"

张哥正色地说道："报告我看完了，黄伟聪的情况你描述得很详细，治疗方案也算不错，不过我觉得这些常规的手段用在一个有着二十年之久的坏毛病，且之前也曾经多次尝试过改掉的偷窥者身上未必奏效。"

"关于这点我也曾考虑过，黄伟聪的偷窥癖从他七八岁就开始了，这些年来，被抓过无数次，也被教育了无数次，其间虽尝试改掉，但是都没有成功，甚至在女友强制要求下也未果。这次'SOHO偷拍门'影响是很大，但是像他这样的老油条，过了这阵

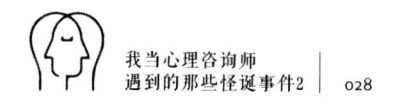

风后，他的老毛病就会复发。"

"是啊，你既然知道，那为什么不多想点招呢？"

我嘿嘿两声说："我这不是暂时还没有想出来吗，所以先让他试试那些法子，三个月之后看看，如果成了，万事大吉，不成的话，我再想办法。"

"我现在就可以告诉你，你那两招用在他的身上肯定没什么效果，你赶紧想想新招吧。"张哥很肯定地说，脸上浮现出一种神秘的笑容。

我跟他那么久了，一看他这副表情，就知道他心中其实早有底了，我走到张哥身后，捏着他的肩膀，讨好地说："张哥你干这一行那么久了，这偷窥癖之前你肯定治过不少，传点独门妙招给你这个不成才的徒弟吧，他定会更加崇拜你，奉你为神一样供着！"

"是吗？"张哥斜视了我一眼。

"是的，张哥，你知道吗，你是我最佩服的人，跟你学习是我上辈子修来的福气，你对我的好，我这一辈子都还不完，如果还有下辈子，我一定……"

张哥打断我说："别给我整这些没用的，耍嘴皮子谁都会，能说点实际的吗？"

这老贼就是这么现实，我心中暗骂了一声，不过脸上笑容依旧地说："张哥，不知道我能为你做点啥？"

"听说你租的房子房东想卖了，不再租给你了，要不你搬到我那儿住吧。这样，一来可以解决你的住处问题，不用再到处找了；二来你天天在我身边，我有什么绝招，你不就马上可以学到了吗。"

"这不大好吧，两个大男人怎么能住在一起呢？"

"说得你好像现在是一男一女住在一起似的，你的那个室友难道是个女的？"

"他是个男的，但是他不同……"

"有啥不同，你们俩大男人可以住在一起，为什么咱们俩大男人就不能住在一起呢？莫非你们有一腿，舍不得分开？"张哥故作夸张地说，"天哪，别告诉我你真有这个嗜好，我怕，算了，你还是别搬来住了。"

"张哥，你可真会搞笑，我怎么可能会有那个嗜好呢，是这样的，房东还给了我们三个月的时间，暂时用不着急着搬，到时候再看看好不？"这老小子真会栽赃陷害，明明是他对我有不良企图，但是这话我不敢说，只好用拖字诀了。

"行，那我也到时候再传授你独门妙招了。"张哥看穿了我的拖字诀。

他这是想让我马上上钩，我才不干呢，心里决定等等再说，另外还存有一丝黄伟聪万一利用那些法子治好了呢，我说："成吧，到时候再看看吧。"

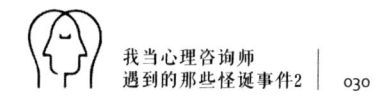

张哥诡异地笑了一下，说："OK，你啥时候想通了啥时候过来找我啊，哥家的大门永远为你敞开！"

果然不出张哥所料，三个月后，黄伟聪又找上了门，他苦恼地说："欧阳咨询师，我真的认真遵照你的法子去做了，但是好像效果不是太明显。前两个月我还抵抗得住，但后一个月，不管我怎么克制自己就是克制不住，又出去偷拍了，我是不是没得救了啊？"

我问："视频你每次都看了？药也遵照医嘱吃了？"

"看了，也吃了。起初还有些用，蛮刺激我的，后来不知道是不是我脸皮越来越厚了，我被抓的视频越看越没感觉了，那药好像也失去了药效。我该怎么办啊？最近我找了一份工作，我真担心自己控制不住又会干出啥坏事，以后估计就再也没人要我了。欧阳心理咨询师，你再帮我想想办法吧！"黄伟聪一脸无助，眼巴巴地看着我。

那天他走了后，听张哥那么一说，之后的一段时间里，我翻阅了许多治疗偷窥癖的相关书籍，但是跟我为黄伟聪量身定制的方案大同小异，基本上就是自我认知疗法——通过实例，让他们认识偷窥严重的危害性及可能断送前程、身败名裂的现实危险，使他们加强自控能力，悬崖勒马，克服变态心理。

或者厌恶条件反射治疗法——让偷窥癖患者手持一张美貌的女性照片，在引起勃起时，即给予厌恶性质的条件刺激，如电击、橡皮筋弹击手腕、注射催吐剂等方法；另外在治疗的同时服用药物作为辅助，长期坚持下来，偷窥癖就治好了。

治疗偷窥癖其实最重要的还是靠自觉，然而这两个字说起来简单，做起来却比登天还难。人都是有惰性的，而且这种心理障碍旁人又不便一直在身边监督，所以说实在的，当黄伟聪再找上我的时候，我有点束手无策。

看来只有找张哥了，这家伙其实并不坏，就是没事爱"欺负"我，故意逗我玩。那天之后，我曾经请教过他几次，他就是死活不说，如果我带人直接找他去，他于情于理都必然要解决这个问题的。

我跟黄伟聪说："黄先生，这样吧，我带你去见我的师傅，他经验丰富，我想他一定会有些妙招。"说完，我朝张哥的办公室打了个电话，确认他此时就在办公室，并且没其他事，然后我就带着黄伟聪去找他了。

在张哥的办公室里，我将张哥和黄伟聪互相介绍了一下。张哥这个老狐狸瞟了我一眼，笑着跟黄伟聪说："黄先生你好，你的情况，子瑜跟我说过，他给出的治疗方案，我也看了，还是很对症下药的，要是由我来出方案，估计也差不多是这样。但是你试了三个月都无效，哎呀，这事就难办了，我们咨询中心小，要不，你去其他咨询中心再咨询看看？"

闻言，我和黄伟聪都傻掉了。

我抢先说道:"张哥你……"

"子瑜,你送黄先生出去吧。"张哥打断我,随后紧跟着对着黄伟聪说,"黄先生,真对不起啊,没有帮上你的忙,不好意思,不好意思……"

黄伟聪严重感到失望和不爽,他看了我一眼,欲说还休,愤然地走了。我狠狠地瞪了张哥一眼,然后跟在黄伟聪的身后,一边陪他往外走,一边不断地再三道歉。

第八章

送走黄伟聪之后,我回到张哥的办公室,忍不住发飙了:"张哥,你啥意思啊?你不是有独门妙招吗?为什么不使出来?难道是因为我没有答应搬去和你合租,你故意让我难堪吗?你做人咋这样呢?我跟你说啊,你今天必须给我一个交代,不然的话,我告诉姨妈去!"

张哥悠然自得地喝了一口茶,然后慢条斯理地说:"哟,欧阳少爷火气不小嘛。咋的,自己的单子没做好,还怪我喽!"

"是,是我没做好,但是作为师傅,徒弟找上门求助,哪有见死不救的!就算是一般同事,找上门来,也会顺手拉一把的,哪像你这么冷血!"一想到他刚才的态度,我就怒火中烧,生气地继续说,"就算不救,好好说话,哪有赶来客的道理?这要是传出去,以后咱们中心还怎么在社会立足啊?!张勋啊张勋,我真想不到你是这样的人!"我摇头如撞钟,心里直发酸,很难受。

"哟,开始指名道姓了,师傅不叫也就算了,张哥也不叫一声,这就是你作为徒弟的风格?"张哥依然嘲讽地说。

"叫你个狗屁,你好自为之吧……"我甩脸掉头就走,半会儿也不想在他这儿多待。

"你不是说要我给你个交代吗?咋我交代还没说,你就走了?"

"不想听了,你爱咋的咋的,爷不奉陪,后会无期!"我快步走到门口,拉开大门就朝外走。

这时张哥叫住我说:"臭小子,给我回来,你还想不想治好黄伟聪了?你现在要是走了,可别怪我没帮你忙啊。"

闻言,我顿时定住了,回头问:"你说什么?"

"我有个非常绝妙的治疗黄伟聪的法子,保证一定能够治好他的偷窥癖,你想不想知道呀?"张哥斜视了我一眼,然后假装不看我,端起茶杯喝了一口茶。

"知道了又有个屁用,人都被你赶走了!"我嘴上这么说,人却还留在门口没走,想听听他有啥好办法。

"那你为什么还不走呢,杵在门口干啥?"张哥一眼看穿了我。

这时我已经有些冷静下来了,张哥这家伙工作上向来非常敬业，严谨对待，跟他同事这么久，从未见他与来访者红过一次脸，每次都是客客气气迎对方来，又客客气气地送对方走，这次对黄伟聪这样肯定有什么深意。

想到这里，我心中的不爽一扫而光，关上了大门，嬉皮笑脸地走了回来，笑着说："张哥，嘻嘻，你有什么绝招，我洗耳恭听！"

"是我听错了吗，我咋又成哥了，不是狗屎吗？"

"谁说的，我张哥英俊潇洒，风流倜傥，玉树临风，英明神武，盖世无双，八面玲珑，人见人爱，花见花开，说你是狗屎的人肯定是瞎了双眼。"我一堆奉承之后，接着说，"张哥，我错了，我有眼无珠，你大人有大量，不要跟我一般见识啊。我这不是一时在气头上吗。我该死，我该死！"边说着，我边轻拍了几下自己的脸，假装是在扇耳光。

张哥摆了摆手，笑骂着说："好了好了，少在那儿惺惺作态了，臭小子，你就是属狗脸的，说变就变。收起你那一套，哥我原谅你了。"

"谢谢，谢谢，我就知道张哥对我最好啦！"我接着问，"你说治黄伟聪偷窥癖的妙招到底是什么啊？"

张哥一脸正色地说："上次咱们已经分析过了，黄伟聪的偷窥癖难治原因有二：一是时间长，已经有二十年了；二是瘾头大，这些年来，他已经被抓很多次了，但就是屡教不改，甚至就连'SOHO偷拍门'这事闹得那么大，依然无法让他悔改，由此可见他真的太过于沉迷其中，并且自控能力非常差。对付他这样的人，只有以其人之道，还治其人之身。"

"以其人之道，还治其人之身？"我皱着眉头，喃喃自语了一下，突然明白了，兴奋地说，"张哥，你是说以偷窥的方式反过来去偷窥他？"

"是的，就是这个意思，你不是有他的地址和电话吗，既然他那么享受偷窥的乐趣，那么我们反过来偷窥他，将他偷窥别人的过程一一拍下，让他尝尝被偷窥的滋味。我们不但要偷窥他，还要写一些骚扰信，天天烦他，天天恶心他，看他还偷窥不偷窥别人了！"

"高，确实很高，张哥你真是个天才！"我由衷夸赞了他一句，然后问，"那么安排谁去偷窥呢？"

"这还用问吗，谁的单子谁去做嘛。"

"我啊？！"我指着自己，随后马上摆手说，"不行不行，我从来没偷窥过，没经验，没办法胜任这份工作。另外黄伟聪认识我，他一见到我，肯定知道是我干的。张哥还是你出马吧，办法是你想的，他又只见了你一面，对你肯定没啥印象，你合适干这活儿。对对对，张哥你是最合适的人选，你能想出这种绝招，以前肯定干过，你好人做到底，你去偷窥他吧！"

"我没有干过，你少往我身上扯，我刚刚气走黄伟聪就是想让他撇开咱们，不会怀疑到我们身上。只要你机灵点，多想点偷窥的

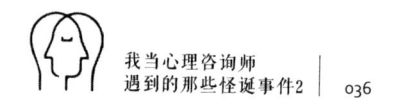

招，别让他发现你，就一切OK啦。反正主意我是帮你出了，做不做随你，你自己看着办！"

看着张哥一副爱干不干的表情，我知道这事儿只能是自己干了，我想了想，无奈地说："好吧，我自己干去。"

张哥一笑说："这就对了嘛，子瑜啊，别愁眉不展的，这也是一种经验懂不，干好了，下次再遇上这种难搞的偷窥癖，你就更加得心应手啦，好好干啊，我看好你！"

"张哥，话说回来啊，偷窥的事儿我干了，但要是被抓了，罚款收押你去啊！"

"放心吧，绝对保你没事，咱们的出发点跟其他偷窥者不一样，咱们是为了治疗而为之，他们纯属是为了刺激。哥以前被抓过，但是警察一听我的缘由，马上就放我出来了！"说到最后张哥意识到说漏嘴了忙闭上了嘴。

我哈哈一笑："张哥，我就说你以前干过吧，现在露馅了吧。还是你去偷窥吧，你有经验……"

"滚蛋。"

说干就干，在张哥这个"老司机"的指点下，当下我便制订了偷窥计划，我下载了网络电话和变声软件，在网上淘了一些偷拍工具和变装道具，每天早早起来，稍微装扮一下，就在黄伟聪家附近蹲点，然后跟着他去上班，没几天就摸透了他的生活习惯。

黄伟聪被张哥"请"出去后，并没有再联系第二家心理咨询中心，在家依然照着我之前教给他的治疗办法在做。

不过他的自控能力真的非常差，隔三岔五就出去偷窥，他偷窥别人，我则跟在他后面偷拍他，将他偷窥别人的过程一一拍照录像。

另外也会偷拍点他个人的情况，然后不时将这些东西发给他，夜深人静的时候，还会通过打网络电话骚扰他，问他拍的那些照片好看不好看，想不想看更精彩的。

起初他没有搭理我，但是随着照片越来越多，他开始慎重对待起来，问我到底想干吗，我告诉他既然你那么喜欢偷窥别人，那么现在就尝尝被别人偷窥的滋味吧。

他扬言要报警。我则回应他说，正好，我手上有那么多他偷窥的证据，一并交给警方，到时候不知道警方是处理我呢还是会处理他呢。他被我震住了。

黄伟聪不愿意就这么善罢甘休，他暗地里开始调查跟踪他的我，但是由于我用的是网络电话，又特意变装过，他想查我没那么容易。

所以有时他会假装去偷窥来引我上钩，我当然不会那么轻易上当。他每天还要上班，而我每天的任务就是跟踪他，我有大把时间跟他斗。

如此一个月后，他终于受不了我的骚扰向我求饶，保证以后不再出去偷窥，我回复他说，只要他不去偷窥，我就放弃偷窥他。

或许这一个月来，我的反偷窥确实给他造成了很大的困扰，又

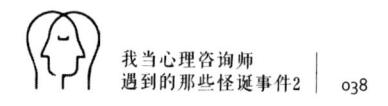

或许是他怕我将他偷窥的材料邮寄给警方，果然在随后很长的一段日子里，他没有再出去偷窥，如此断断续续，我又观察了几个月，发现他果然没有再犯，后来就没有再去跟踪他。

第九章

这期间，我也接到了李达警官打来的电话，说通过同事辗转找到了梁又道，但是很巧，梁又道三年前出了车祸，成了植物人。李达将他的地址给了我，为了深入了解这个神秘的梁又道，我决定去他家看看。

负责照顾梁又道的是他年迈的老母亲，我谎称是梁又道的学生，他的老母亲也就相信了。

梁又道的母亲说，她和梁又道的关系并不好，甚至说很差，原因就是梁又道结婚一年后就和妻子吴小梅离婚了，后来没有再婚，也没有孩子。

这些年，梁又道辗转多地，很少和家人联系。直至三年前，她接到交警的电话，说梁又道出了车祸，成了植物人，之后，她便将梁又道接回了老家，照顾至今。

我追问她，梁又道是否有什么个人物品，我说自己准备出国，想要拿一些留作纪念。

她指着厢房说："本来，他有不少东西，后来由于不好携带，就让我丢弃了，只剩下了零碎物品，都在厢房里，你愿意拿点什么就拿点什么吧。"

我在那些零碎物品里意外找到了一个破旧的U盘，只是U盘被加密了，这让我猜测，U盘里有很重要的东西。

我连夜回到咨询中心，正巧女神安翠芳也在中心，她除了心理咨询，还是一个电脑高手，破解加密U盘小菜一碟。

当U盘密码被破解，我看到其中存储的内容时，感到了从图片和文字之中散发出来的恶意，我仿佛感到梁又道就藏在屏幕背后。

梁又道是一个偷窥狂魔！

U盘里的文字和图片全都是有关偷窥的，只是梁又道偷窥的不再是女人的裸体或者私密的事情，而是被偷窥者的人生。

之所以说梁又道是偷窥狂魔，是因为他不仅仅自己偷窥，他还激发培养偷窥者，比如黄伟聪。

我之前还对梁又道这么做的动机很疑惑，现在终于明白了，他自己就是一个偷窥狂魔，他偷窥的对象也是偷窥者，而那些偷窥者都是他间接激发和培养出来的。

在那些文件里，我看到了属于黄伟聪的那个文件夹，文字和图片是从二十二年前开始的，也就是他搬到黄伟聪家对面的时候，文字记录得很翔实，都是他的心情日记，比如如何发现黄伟聪的偷窥欲的，比如和黄伟聪的谈话，比如自己的一些感想。

虽然很多图片是照片翻拍的,但我还是能够看到那个在梁又道家里疯狂翻找色情画报,在厕所里用小孔面具偷看的黄伟聪,甚至在黄伟聪随家人搬走之后,梁又道仍旧紧随其后,始终跟随在黄伟聪的身边,他隐秘地不动声色地偷窥着黄伟聪,而黄伟聪却浑然不知。

在梁又道的记录中,他这么形容年幼的黄伟聪:"在上次失败之后,我以为我再也遇不到类似的小孩子了,直至我遇到了黄伟聪。说真的,当我知道他喜欢偷东西的时候,我感觉整个人生都被点亮了,我把他叫到办公室,问他为什么喜欢偷东西,他说,他只是喜欢那种悄悄地打开同学书包的感觉。这话撩拨了我心底的欲望,我要激发和引导这孩子潜在的偷窥欲望,我要好好地开发,然后一直偷窥他……"

有关黄伟聪的记录大约上百万字,我被那些文字和图片深深震撼了,安翠芳坐在我身边,也是一脸恐惧。

良久,我才回过神来,转头看看安翠芳,她低声道:"这个梁又道是疯子吧!"

没想到那个偷窥瘾难戒的黄伟聪只是小鱼小虾,真正的恶魔一直就在他的身边。

随后,我又拜托李达帮我调取了梁又道当时出车祸的信息,随后对比黄伟聪的个人信息,当时他出车祸的位置就在黄伟聪居住地附近。这么说,当时梁又道很可能是在偷窥黄伟聪,结果遇到了车祸。

通过李达，我辗转找到了梁又道的前妻吴小梅，在得知我的身份之后，她拒绝了见面，但当我告知她梁又道已经成为植物人之后，她才向我道明实情。

二十五年前，她和梁又道结婚后不久，就发现梁又道总是鬼鬼祟祟的，他特别喜欢窥探别人的秘密和隐私，那已经不仅仅是简单的偷窥了。当时那个年代，信息并不如现在发达，她认为梁又道是变态，就和他离婚了，之后，他们也没有任何来往了。

二十五年后，已经年过五旬的她说："如果当时我知道他这是偷窥癖，我应该带他去治疗的，或许……"

事已至此，隐藏在黄伟聪偷窥癖背后的梁又道被彻底揭开。

这事就算这么过去了。

第十章

半年之后，黄伟聪突然找上了我，当时我正和张哥在办公室里下跳棋，他提着一些水果，敲门进来就感激地说："欧阳咨询师，我都不知道该说什么才能表达我对你的感谢之情……真是非常感谢你啊！"

"黄先生怎么啦？"我假装不知道，故意问道。

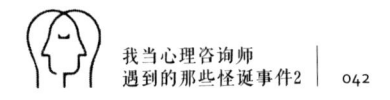

"半年前那个一直跟踪我的人是你吧,之前我隐约猜到是你,但是后来我又没花钱继续在你这儿治疗,你应该不会做这种免费的工作。但是最近我一直思前想后,好像除了你之外,似乎就没别的人了。真是非常谢谢你啊,被你那么一整,我的偷窥癖真的治好了,太谢谢你啦!"黄伟聪不断地在道谢。

"呵呵,好了就成,好了就成。"我笑着说,"话说回来,黄先生,我还得向你道个歉,事前没有征求你的意见就开始偷窥你。"

黄伟聪忙说:"哪里的话,你千万别这么说,你这是要折煞我啊,要是你事先跟我说了,估计那个反偷窥的法子就不灵了。"

"哪里,哪里,黄先生如果你真要感谢的话,你最应该感谢的是这位……"我给他介绍旁边的张哥说,"他是我的师傅张勋,这个反偷窥的办法是他想出来的!"

黄伟聪双手抱拳,对着张哥感谢地说:"谢谢张咨询师啊,那天被你'赶'了出来,我心中还愤愤不平呢,埋怨了你好几天,现在想来真是惭愧,谢谢,谢谢!"

张哥也笑着说:"黄先生,别客气,那种情况换作任何人都会不爽的,过去的就让它过去吧,关键是心理障碍治好了就行啦。"

说完,他扭头看着我说:"对了,子瑜,你将你以前偷窥黄先生的材料都拿出来,现在一并交给黄先生吧。"

"哦,对对对,差点忘了那茬了。"张哥提醒了我,我忙从书柜里找到黄伟聪的档案,将装有偷窥他的材料的档案袋取了出来,交到了他的手上，然后说，"黄先生，所有的资料都在这个档案袋里，放心啊，我们是有职业操守的，绝对没有备份，就此一份，现在交给你，由你处理。"

"谢谢，真不知道说啥好了。"黄伟聪接过档案袋，再三感谢，然后从口袋里拿出一个大红包递给我说，"小小意思，不成敬意。"

我忙拒绝说："不用、不用，我们也没干啥。"

"还说没干啥，你足足跟踪了我一个多月，这多辛苦啊，欧阳咨询师，你别嫌少，千万不要推辞，就当我的诊疗费好不？"黄伟聪硬将红包塞进我的手中。

"这……"我看了一眼张哥。

张哥颔首说："这是黄先生的一点心意，子瑜你就当是诊疗费收下吧。"

有了张哥这话，我收下红包，谢了黄伟聪。

"那我就不打扰了，欧阳咨询师、张咨询师，我先走了，再次感谢啊。"

我们寒暄了几句，送走了黄伟聪，我没有告诉黄伟聪有关梁又道的信息，更没有说出关于梁又道是偷窥狂魔的真相，我想，那样会让黄伟聪的人生陷入新的困境。

回到办公室，我将红包拆开一看，里面都是红票子，一数有五千元。我问张哥："这钱咋办啊？"

张哥瞟了一眼，说："不是诊疗费吗，上交财务部就得了嘛，

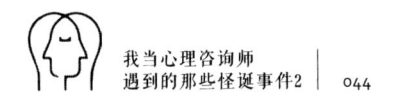

怎么,你小子想私吞啊,小心我告你受贿啊。"

"我不是那个意思,我是说上次跟踪黄伟聪时不是买了一些偷拍工具和变装道具吗。我事后拿发票报账,但是财务不认,说黄伟聪后续没有在咱们中心治疗,这些费用中心不报账。那一个月我还被扣了绩效,说我老外出,不干正事,张哥你还记得不,当时我还向你埋怨过。"我看着手上的钱,又看着张哥,继续说,"这钱按理说,跟咱们中心没啥关系对吧,而是我那些损失,于情于理是不是应该从这里获得补偿呢?"

张哥点着头说:"嗯,说得蛮在理的,黄伟聪这事后续还真跟咱们中心没啥关系,好吧,这钱我三千、你两千分了吧。"

"为啥?工具是我买的,活也是我干的!凭什么我两千你三千?"我不服。

"因为主意是我出的啊,理所当然要拿大头啊!"张哥侃侃而谈,"黄伟聪这事最重要的关键点是我提出了反偷窥这个主意,如果没有这个主意,哪来你后续的跟踪和偷拍。这就好比咱们中心,咱姨妈创立了这家公司,然后请了我们这帮人干活,挣了钱,大头自然是姨妈拿走了,小头作为工资发给了我们,这其中的道理是一样的,难道不是吗?"

张哥总是有说不完的歪理,我诺诺地说:"好吧,算你有理。"说完,我数了三十张红票子给了张哥。

张哥拿着钱,笑嘻嘻地说:"小子,别那么不情愿的,开心点,哥晚上请你吃烧烤去。"

听到张哥说要请吃饭,我心情好了些,也笑着说:"这还差不多。"

黄伟聪偷窥癖就这样画上了一个完美的句号,事后我曾跟同行交流这事,说到治疗偷窥癖可以采用反偷窥的办法,他们无不惊讶地看着我,然后又忍不住拍案叫绝地说:"这个妙招实在是高,一般人可真想不到!"

NO. 02

总感觉背后有一双眼睛盯着自己

案例编号：1201753368			
姓名	欧阳子瑜	职业	心理咨询师
性别	男	婚姻	未婚
年龄	25	住址	北京海淀区
症状情况	正所谓"医者不能自医"，身为心理咨询师的我，因被两个做社会调查的人员设局，以致得上了"被迫害妄想症"，整天疑神疑鬼，惶惶不可终日		
治疗结果	成功		

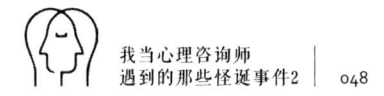

第一章

世界上最恐怖的事情不是什么灵异事件也不是什么变态杀人，而是事件就发生在自己身上。

作为一个心理咨询师，我曾遇到过很多诡异而惊悚的心理障碍事件，比如说男子的左手拥有自己的意识、男子觉得妻女都是恶鬼、一个身体三个灵魂等，但是与这些相比起来，让我毛骨悚然，甚至后怕的事件却是我自己患的被迫害妄想症。

你可曾有类似的经历，在孤单的公寓里，不管是白天还是黑夜，不管是厕所还是卧房，总有一双冷冰冰的，毫无善意的，像响尾蛇一样的眼睛一直在盯着你，注意着你的一举一动，像是在监视，又像是在偷窥，更像是在等待时机扑过来掐住你的脖子要你性命。

它像是无所不在，可是无迹可寻，任凭你怎么找就是找不着，但又总能让你察觉到它的存在，并让你不寒而栗、寝食难安。

有那么一阵子我就是处于这种状态，那时我整天疑神疑鬼，怀疑有人跟踪我，怀疑住的地方不安全，怀疑有人要谋害我，说出来，你们似乎不大相信，可是事实就是这样，正所谓"医者不能自医"，那阵子若不是张哥一直努力在帮我，估计我早被自己吓死了。

别以为我是在故作玄虚，有些事情真的只有自己亲身经历过才能真正体会到那种无力、崩溃、绝望的心情。

我的被迫害妄想症，并不是自发的，而是由别人引发的，事情要从那年合租房说起。众所周知，北京的房租是很贵的，尽管我们心理咨询师这一行薪水不菲，但是一个人单独租一套房是不现实的。

当然张哥例外，公司对于他这种人才有特别优待，不仅给予了丰厚的薪资，还有租房补贴，而像我这种刚刚进入公司不久，且才由学徒转为实习心理咨询师的薪水待遇就不怎么样了。

虽然张哥三番五次邀请我搬进他那个小套房跟他一起住，只需我给他做饭洗衣，就免我房租，但是鉴于公司疯传我和他之间不清不白，我是打死也不跟他住在一起。

那时候，我跟朋友在北四环边上的世纪嘉园租下了一套三室一厅的房子，我们两个人之所以会租那么大的房子，主要原因是当时要房要得急。

原来我们打算将剩下的那个单间出租出去，然而还没等我们租

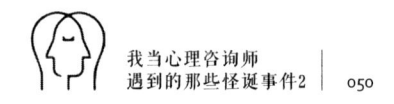

出去，朋友临时被公司委派出国深造一年，丢下了我一个人和这套房子，没办法，我只好将这两个单间整理了一下，一并出租。

好在我住的这个地段不错，很快就先后揽上了两个房客，一个是来自河北的张立彬，一个是来自黑龙江的王威威。就这样，我们三个大男人，同在这个屋檐下住了下来。

起初的时候，我并没觉得王威威哪里有不对劲的地方。刚刚转为实习咨询师，尚无法独当一面，所以我要不断地努力、学习，由于工作忙，所以无暇多顾另外那两个房客。

印象中，他们两人貌似也跟我一样早出晚归，有时候加班加到很晚才回来。直到有一天，张立彬又整了一桌子酒菜叫我吃的时候，我们吃着吃着话题又说到王威威的身上，我才对王威威起了疑心。

张立彬说："这个小王呀，也不知道在搞什么，整天不见人影。"

张立彬为人豪爽，人很勤快并且烧得一手好菜，空闲的时候总会在家张罗点酒菜，然后叫上我和王威威一起吃。但是每每这样的机会，总是找不到王威威，如此缺席次数多了，我们免不了要唠叨他几句。所以对于张立彬的话，我并没在意，随口应了一句："估计又在加班吧。"

张立彬嗤笑了一声说："他倒是挺忙的啊，哦，对了，子瑜，小王是干什么的啊，怎么天天那么忙啊？"

我回答说："听他说好像是在一家保险公司上班。"

张立彬说："哦，原来是做保险啊，难怪整天不见人。不过话说回来，他搬来已经差不多一个月了，说真的我就只见过他一次，就是他搬进来的那天。要不是有时见他屋子里亮着灯，我真以为这屋就住着咱们两个人呢！"

我漫不经心地回了一句："呵呵，我也只见过他两次，一次是他过来看房那天，一次是他搬进来那天。"

"啊？你也只见过他两次？不是吧？"张立彬的语气陡然一变。

"是啊，就那两次，之后就没再见过，怎么了，这不奇怪吧？我们大家作息时间不同嘛，我最近刚刚转为实习心理咨询师，得表现，所以忙得跟狗似的。你是网站编辑，基本上在办公室里窝着编稿。而小王是干保险的，需要满城地奔跑，要是保人在外地出了事儿，还得亲自跑过去处理，三五天不见人，所以大家碰面的机会少也是正常的。"

"可是，再怎么作息时间不同，也不可能大半个月我们两个都没再见过吧？"

"这个……"他说得也不是没有道理。这大半个月来，我和他进进出出的，不可能一次跟他碰面的机会也没有吧。以前我没多想，这会儿经他一提，也不免觉得有点奇怪，不过我依然为他找了个合理的理由："估计巧合吧。"

"嗯，或许吧，呵呵，幸好不是我一个人在这里住，要不然，王威威这样的作息时间非得吓死我不可。"张立彬笑了一下，然后

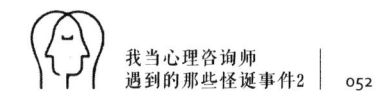

表情有点尴尬地说。

"为啥?"他这没头没脑的话,弄得我一头雾水。

张立彬端起杯子喝了一口酒,哈了一口气出来说:"还为啥啊,你想啊,同居的室友大半个月没见过面了,也不知道他在干吗,整个人像失踪了一样,只有到了晚上的时候通过他房间里的灯来判断他回来没回来。长此以往,难道你不觉得奇怪吗?你不会去琢磨这到底是怎么回事吗?不会往鬼怪那方面想吗?万一他是个鬼呢……晕菜,大晚上的扯到这东西了,好了,不说了,再说下去,我会发毛的。"张立彬说完后赶紧将话题引到其他上面去了。

"老张,身为一个心理咨询师,我可以很肯定地告诉你,这个世界上是没有鬼的,若真有鬼,也是心中有鬼。"我虽对他的话不以为然,但是他的这番话还是在我的心中留下了一点阴影。大半个月过去了,我们两人都没见过王威威,光凭一个巧合来解释实在是缺乏说服力。

第二章

所以那天吃过饭后,我早早地洗了个澡,准备了几包烟,敞开房门在房间里玩游戏。我的房间正对着客厅,只要王威威一回来,就一定会被我看到。

然而，那天晚上我玩游戏撑到了凌晨三点依然不见王威威回来，最后实在抵挡不了周公的召唤睡着了。

迷糊中，我似乎听到隔壁房间有人开锁的声音，但是那时实在太困了。第二天一大早，我一醒来，连忙跑去找王威威，结果他人早就走了。

既然前一晚他有回来，那说明他并没有失踪，连日来只是巧合没碰上面而已，因此我没再多想，该干吗干吗去了。

如此持续了一段时间，有一天晚上我回来，开门进房间的时候，赫然发现地上零零落落散了一些百元钞票，在墙角下还有一张字条上面隐约有字，我心下好奇，将它们都捡了起来。

字条上写的字是：下个月租金。

钱我数了数，不多不少正好一千块。谁交的房租？王威威和张立彬两人交房租的时间都差不多，纸上没留名字，我不晓得到底是他们哪个交的钱。

这时听到大门锁被打开的声音，我拉开房门一看，是张立彬回来了，于是连忙跟他说："老张，这些钱是你给我的房租吧？"

张立彬摇着头说："不是啊，交房租钱不是还有两天吗。"

"哦，那这钱看来是王威威给我的，嘿嘿，这小子还不错嘛，今天该他交房租了，他见我白天不在家，于是就把钱从我房间的门缝里塞了进来。"

"他把钱塞进你房间里？！这小子还真是怪，他为什么不当面

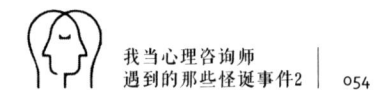

给你呢？"

"我白天不在家嘛。"

张立彬就近找了张椅子坐了下来，皱着眉头，犹豫了一下说："子瑜，有些话我不晓得该不该说。"

我挨着他坐了下来说："有话直接嘛，说一半留一半干吗呢，是不是最近手头有点紧，想晚几天交房租？没问题，以你的为人，我不怕你不给，我相信你。"

"咳，不是房租的事啦，是小王的事啦，我问你哦，我们上一次一起吃饭到现在，你有没有见过小王？"

我老实交代说："这倒还真没有呢，你见到了啊？"

张立彬摇了摇头说："我也没有。你看哦，一个月了，我们两人依然不见他的人影，我觉得有点不对劲，再怎么忙，也不可能一个月也不照一次面呀。你看我们俩，同样每天都很忙，但是咱们隔三岔五就会碰次面，而他却像失踪了一样，好像整天在躲着我们似的。"

"嗯，这么长时间不露面，的确有点怪，不过也没啥啦，每个人的生活习惯不同嘛，这样也好，大家落得清静。"

"话是这么说，但我心里隐约觉得不安，感觉小王这个人很神秘，虽然不知道他在干什么，但是直觉告诉我一定不是什么好事。"张立彬点了一根烟抽了起来。

"靠，我们别胡思乱想了，想那么多也没用，你要是实在不放心,小王的租赁合同上有他的电话,我现在打一下他的电话问问不就得了。"我返回房间翻出小王的那份租赁合同,找到他的电话打了过去。

本来满怀欣喜,电话通了后一问,什么都清楚了,谁知按照上面的数字一拨号,居然是空号。这怎么可能呢,我以为自己按错数字了,又对照输入了一遍,再打依然如此。我和张立彬对视了一眼,两人的脸色都有点难看。

我将租赁合同一丢,忍不住骂了一声:"他妈的,王威威这小子搞什么飞机啊!"

张立彬没吭声,沉默了一下,然后眼睛发亮地对着我,说:"子瑜,你不是有整个房间的备份钥匙吗,要不,我们打开他的房间看看?"

"这、这不大好吧。"尽管我对王威威的事儿感到不解,但是他也只是久不现身而已,没其他的不妥,就这样随便打开人家的房门影响不好,所以我有点迟疑。

张立彬说:"我们只是进去看看而已,又不干什么,他老不现身,所以不定房间里藏着什么见不得人的东西呢。"

说得也是,反正我们又不动他的东西,进去看看也无所谓嘛。我拿出了备份钥匙,打开了王威威的房间。

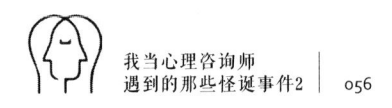

第三章

屋子里很简单，就一张床，一个桌子，一个衣柜，眼睛一扫就能看全。

张立彬冲过去打开了衣柜，我凑近一看，里面只是几件叠得整整齐齐的衣物。我瞟了几眼说："好像没觉得有什么不妥的地方啊。"

张立彬"嗯"了一声，关上了衣柜，又在房间里东看看西看看，折腾了一番才开口说："不过看他的床和被子像是从来没动过。"

我看着王威威收拾得体的床和被子说："这也没什么吧，他是个爱干净的人，所以床和被子整理得很干净。"

张立彬微微点了点头，看着我说："不管怎么样，王威威这个人一定有问题，我们今晚谁都别睡了，专门坐在客厅里等他，你觉得怎么样？"

我也正有此意，点头表示赞同。于是我们两个人返回客厅，泡了一壶茶，拿出了象棋，一边下棋一边喝茶，静静地等着王威威回来。

然而，我们苦守了一夜，直到天亮的时候都没有等到他的人影。眼看上班的时间快到了，我们俩都坐不住了，连忙洗漱了一番上班去了。

晚上回来，我俩不甘心，于是继续苦等，结果王威威还是没回来。第三天，张立彬请了一天的假，专程在家里等，但是王威威似乎得知了他在等他似的，依然没有出现。第四天，我专程请了假在家等他，结果依然是一无所获。真是活见鬼了，这老小子跑到哪里去了？！

第五天晚上我和张立彬聚在客厅里，张立彬说："我不干了，这么干下去，我非累死不可，这几天我想了想，我不想再这样继续耗下去，明天我就搬走。子瑜，对不起，其实我真的很喜欢这里，但是我实在受不了了。"

我很理解他的心情，并没多说什么，次日便由他去了。经过连日来的折腾，我也早就受不了了，再加上张立彬这一走，更加索然无味了，放弃了硬要见上王威威一面的想法，所以当日，我没苦守，白天老实去上班，晚上照常睡觉。

然而奇怪的是，当晚王威威赫然回来过，我是在第二天无意间看到他干了好些天的洗脸帕突然湿了而确认的。

随后的几天，王威威似乎都曾回来的样子，只是似乎有意不让我碰着似的，总是在我睡着后才偷偷回来，第二天一大早又很早出去了。如此又过了几天，他这般做法，不由得又引起了我的好奇，我决定再逮他一回。

然而似乎从一开始就注定我会失败似的，无论我怎么守，怎么等，如何起早，如何晚睡，皆未能与他打上照面。他像是早已看穿了我的各种伎俩，巧妙地不着痕迹地避开了。

他越是这样，我越觉得不对劲，越不对劲我就越想尽快解开谜

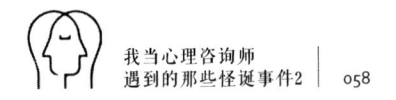

团，一路死缠烂打纠缠他到底。

有一天我好不容易等到了一个机会，那天清早，天才蒙蒙亮，睡得正香的我，突然被"咔嚓"一声轻微的锁门声给惊醒了。从这声音中我听出那是我们房子大门上锁的声音，我当场像被雷击了一样霍地爬起来追了上去。

在拐弯处，我看到电梯处闪进去一个人影，然而等我跑过去的时候，电梯已经下去了。我一口气跑到楼下，电梯里的人早已出去，我又追了上去，可是一直跑到小区门口依然不见人影。

我站在小区门口的马路上东张西望四处查看，门卫估计见了好奇，于是问我："大清早的，你找什么呢？"

我比画着跟他说："你刚才有没有看见一个戴着一副眼镜，个子不高，穿着一件灰色披风的男人走出来？"

门卫咧开满嘴的黄牙齿，笑着回答说："哦，他啊！他早就坐出租车走了！"

第四章

时间就在我和他这般躲猫猫式的追逐中慢慢流逝，转眼间，自从王威威搬来那天算起到今天已经快有六十天了。我想了很多办法，依然没能跟他见上一面。

这人对我来说，仿佛是不存在的人。面对这么一个人，面对这么一些事，我就算是再理性，也难免堕入了神鬼之说。

但是心理咨询师的职业本能又无时不刻地在告诉我：这个世界是根本不可能有鬼的！为了这一点信念，我最后使出那个最卑鄙最无耻也是最有效的撒手锏——针孔摄像机。

我通过熟人偷偷搞了一套针孔摄像机，我在大厅和王威威的房间里都安装了针孔摄像头。

我的想法很单纯，就算不能与王威威亲自照上面，但是只要看到摄影机上留有他的照片和举动，以前那些盘旋在我脑海中久久不散的谜团将迎刃而解。

然而我太低估了王威威的躲藏本事，针孔摄像机已经安装数天了，王威威的影子都没摄到一个，我以为那是他这几天不在的缘故。

谁知通过这两天我偷偷打开他的房门进去查看的结果和在门上设计的机关得出，他的确来过，但是为什么摄影机没将他摄下来？

难道我买的机器有毛病？但是我再三检验过了啊，一点毛病也没有！这就离奇了，难道他真是鬼，据说鬼是没有影子的，摄像头是摄不成影像的！

但是又说不过去啊，有这么浑蛋的鬼吗？大白天若无其事地跑来跑去，还按时交真金白银的房钱，不为所图，只为了让我糊涂？

我不断地为王威威的存在找理由，又不断地推翻这些理由，接

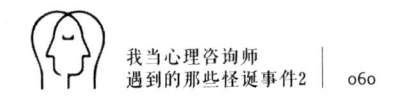

着又不断地衍生理由，然后又再次推翻，越想越迷惑，越想越觉得头疼。如此下去，我想我精神濒临崩溃的日子不远了。

就在这时候，事情突然出现了转机。这天晚上我好不容易强逼自己别再瞎想王威威的事儿了，既然他不想见我就算了，反正每月房租照给，他爱不爱出现关我屁事，我就悠着点吧，想着想着，不知不觉就睡着了。

突然间一个激灵，我被什么东西惊醒了，侧耳一听，是隔壁开门的声音。我条件反射似的爬了起来，连忙拉开房门，正好看见王威威关上房门。

我一个箭步跑到他房门前，一边敲一边喊，我明明看见他进去了，但是任凭我怎么敲，怎么喊，他就是不开门，里面安安静静的，像没人一样，怎么可能？！我想到了那份备份钥匙，于是找了出来，想开门进去。

然而就在钥匙插入锁孔里的时候，突然一股寒气自脚底一路升到了脑门上，令我不由得汗流浃背，这般折腾都未能将他的门喊开，莫非我真是见鬼了，王威威压根就不是人？！或许我真该就此罢手，当作什么也不知道，继续过着自己的小日子。

我是开还是不开？一下子纠结了。

真相就在眼前，而我却没有足够的胆量来揭开！我长吸了一口气，定住了颤抖的双手，最后决然地抽回了钥匙。我实在没胆量来开门，更没有充分的心理准备来接受这新的解释！

我耷拉着脑袋正要回房,这时王威威的房门打开了,王威威和张立彬两人,微笑地走了出来。

王威威朗声说道:"子瑜谢谢你,恭喜你通过了我们的测试哦,对了,我忘了自我介绍,我是'都市白领减压中心'职员,张立彬是我的同事,这是我们的名片!事情是这样的,近年来,都市白领职场竞争激烈,工作压力巨大,休闲方式单调,预期希望过高,身体透支过度,造成了他们心灵空虚,精神萎靡,为求刺激,铤而走险走上了违法犯罪的道路。我们中心为了进一步摸清白领们最真实的精神状态,随即派了我们出来调查,你是我的第三位调查对象,其实早在搬来的第二天,我就已经在房子里各个角落安装了针孔摄像头,观察你的一举一动,制订了各种引起你好奇的措施。经过这一个多月的观察,看得出来你是一个心理素质非常强的人,不愧是心理咨询师,我们的调查就此结束,非常感谢你的配合!"

张立彬也走了过来,抱了抱我,跟我握了握手说:"子瑜,其他的我就不多说了。很抱歉,以前制造了种种疑相引你入局,非常感谢你的支持。你的这份报告,对于我们是非常有用的,再次谢过。现在我和小王就去将屋子里的针孔摄像头取下来,再次谢过这些日子以来,你对我们的支持!"他说完,便和王威威往客厅里走,丢下了呆若木鸡的我!

我靠,搞了半天,我竟成了对方的小白鼠,虽然心情极度不

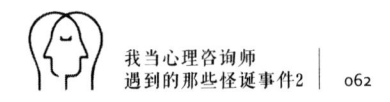

爽，可是事已至此，还能怎么样，只好一边看着他们将安装在各个隐蔽角落的针孔摄像头一一拆除下来，一边和和气气地说："不客气，不客气，大家也算同行，希望没有白让你们忙。"

这件事就算是这么过去了，可是经他们这么一弄，我老觉得住处有被监视的感觉，莫非还有针孔摄像头？我当下将所有可疑的地方都找了一遍，并没有任何发现，估计是前些天的后遗症吧，过些天就好了。

如此过了几天，这种如芒在背的感觉，不但没有消除，反而更加强烈了。不管是白天还是夜晚，不管是在卧室还是在厕所，我老感觉有一双冷冰冰的毫无善意的，像响尾蛇一样的眼睛一直在盯着我，注意着我的一举一动，像是在监视，又像是在偷窥。

我多次一寸一寸地搜寻了整套房间，可就是没有找到任何可疑之处，但是那个令人非常不爽的感觉却是异常的真实。身为心理咨询师的我，很敏锐地觉察到自己有了轻微的幻想症，那阵子也的确很忙，再加上张立彬等人那么一闹，精神压力大，我从公司要了一些安神定心的药吃，心想吃几天后这个症状自然就会自动消失了。

另外房子太大，一个人住也容易胡思乱想，我猜想估计也跟这个有关，于是将房子出租的信息挂到了网上。

如此过了一周，过来看房的人颇多，但就是没有一个最后敲定要租的，而我的症状却越发严重起来。

这双眼睛最开始的时候，还算知趣，只是在我心情极为低落的时候欺负我一下，停留在我身上的时间也不会太久，每次将我吓出一身冷汗之后，它就会心满意足地离开。

可是越到后来，它的脸皮就越厚，时不时就很突兀地冒出来，瞪着我，盯着我，那眼神空洞而冷漠，像死鱼的眼睛，却给人一种赤裸裸的感觉，仿佛可以穿透一切直接地看到我的内心深处，每次都看得我浑身发冷，手脚抽筋，坐立不安。

我开始有些害怕这个房子了，一个人不敢久待，恰好那时正值中心最忙的时候，我正好有借口加班，每天都加班到很晚才回去，一回去马上倒头就睡。

如此过了几天，情况有所好转，然而有一天晚上，我睡得正熟，突然觉得浑身不舒服，像被什么东西一口一口地在咬着，一个激灵惊醒了过来。

那时也不知道是什么时候了，反正四周黑漆漆的一片，外面似乎正下着雨，冷风吹着口哨钻了进来，弄得满屋子都是寒气。我从被窝里探出头来，想看看是不是睡前忘记把窗户关上了。

哪知眼睛一投向窗子，不由得打了个寒战，紧闭的窗子玻璃上不知何时紧贴着一张白得像张纸的脸，而脸上则垂吊着一双血淋淋的眼睛，它正透过玻璃死死盯着我，死死的，像钉子一样，一动不动。

我猛然陷入一种前所未有的恐惧之中，顿觉呼吸困难，全身的

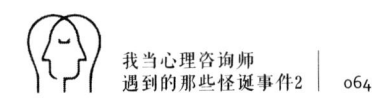

肌肉都抽搐起来,动弹不得,我想大喊,声音却像被鱼刺卡在咽喉处,怎么也发不出来。

虽然后来在天亮的时候,我可笑地发现原来贴在窗外苍白的脸是窗下那棵白桦树的叶子被风吹到玻璃上所造成的。

第五章

我知道自己的精神出了很大的问题,于是又从公司拿了一些安神定心的药,估计是脸色太差,又是二次拿药,药剂师丁叔一边给我开药,一边关心地说:"子瑜,你最近脸色不大好啊,是不是工作太忙啊,用不着这么拼吧,你转正成为正式心理咨询师也就是时间问题,没必要把自己逼成这样。"

他以为我是为了转正式心理咨询师而卖命工作以致精神状态不佳,我不好意思将自己的遭遇说给他听,怕他嘲笑,只好顺水推舟接着他的话说:"不拼不成啊,本来我短短一年就由学徒转为实习心理咨询师,大家就早有怨言,认为是我靠着跟我姨妈的关系才那么快转的。别人哪个不是干了两三年后才转的,最近正值咱们中心业务最忙的时候,人人都在忙,这个时候我不能掉链子啊,得做出点成绩,不然的话,其他同事肯定又少不了嚼舌根。"

"你管其他人说啥作甚,你的业务能力大家是有目共睹的,他们这么说你完全是出于嫉妒。"丁叔不以为然地说道。

"话是这么说，但是人言可畏嘛。就拿我和张哥的事来说吧，我跟他压根就没什么关系……"

我的话还没说完，背后突然冷不丁冒出来一句："我的宝贝徒弟，啥叫咱俩没啥关系？"

我心里一哆嗦，扭头一看，我的妈呀，我的煞星张哥不知道什么时候出现在了我的身后，臭着脸正看着我。

我可不敢得罪他，当下换上笑脸，笑嘻嘻地说："张哥好啊，你不是出差了吗？咋回来啦？"

"我昨晚就回来了。"张哥说着，突然凑近了一步，双手捧着我的脸，左右摇晃了两下，然后说，"咋半个月不见，脸色变得那么差？"

"张哥，有话好好说，别动手动脚。"我忙将他的手推开，"没有啊，只是昨晚失眠没睡好而已啦。"

"真的吗？"张哥一脸的不信，这时他突然看到丁叔手上正拿着给我开的药，顺手拿了过来，看着上面的字念了出来，"解郁丸？！"

他抬头看着丁叔问："丁叔，这是子瑜要的药吗？"

我在一旁偷偷地给丁叔使眼色，丁叔是个聪明人，见此，忙说："不是，子瑜刚刚过来问我最近有什么新到的安神定心药，说之前的'安神补脑液'患者反馈效果不是太理想，我就拿出新到的这个'解郁丸'给他看呢。"

我也忙接话头说："是啊，张哥你不是也反映过咱们之前使用

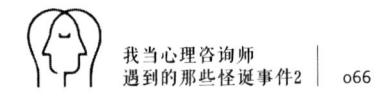

的'安神补脑液'效果不怎么样嘛,所以丁叔就赶紧进了一批新药,正要跟我说呢,你就过来啦。"

张哥看了看丁叔,又看了看我,还是一副狐疑的表情。张哥非常聪明,一般很难糊弄过他,我正想再继续说点什么,好让他彻底相信我的话。

这时正好美女阿怡经过药剂室,她原先往前走了几步,又倒了回来,站在门口冲着我们说:"张哥,原来你在这里啊,我正要去你的办公室找你呢,那个啥,我刚刚从赵总办公室出来,她要我转告你现在去她办公室一趟。"

"好的,我知道了,谢谢啊,阿怡!"张哥把"解郁丸"还给丁叔,绷着脸出去了。临出门时,他回头看了我一眼,还用手指了指我,我知道他的意思是说还没完。

"张哥的脸色有些不对劲啊,难道我说错什么话了吗?"阿怡皱着眉头自言自语,突然如梦初醒,拍了一下自己的大腿,叫了出来,"哎呀,子瑜不好意思啊,我不是有心打扰你们的,我真该死,应该早想到,张哥一出差就是半个月,刚刚回来肯定有好多话要跟你说,正所谓小别胜新婚,结果就这么被我惊扰了,心里肯定不爽嘛。抱歉抱歉……"

"去去去去……都跟你们说一万遍了,我跟张哥只有师徒和朋友关系,除此之外,没有任何情分。我就奇了怪了,公司男的那么多,为什么你们非死咬我和他有一腿呢?"一听她又将我和张哥拉扯在一起，我就头皮发麻。

"哈哈哈……是啊，公司有那么多男同事，为什么大家都不说他们而偏偏说你们俩呢，我想这个问题不出在我们吧，而是你们俩吧，如果你们俩没点啥的话，大家会这么传吗？"阿怡还嫌不热闹，冲着丁叔怪笑连连地说，"丁叔，您说是不是？"

"别问我。"丁叔摆手道，"你们年轻人的事我老头子不懂。"他嘴上这么说，但是脸上的神情却出卖了他。

见他们这样，我真有些无语："哎哟喂，我去，你这是强词夺理啊，这怎么就成了我们的问题了呢？明明就是你们这帮腐女强配姻缘谱，还说我们的不是！"

阿怡吐了一下舌头，嬉皮笑脸地说："嘻嘻嘻，子瑜，不好意思，我还有事要忙，先走了。丁叔，回头见。"她跟我们打了个招呼，撒腿跑了。

"丁叔，你都看见了啊，咱们公司的风气实在是太差了。她们这是要逼良为娼啊，你要为我做主啊，您身为前辈，是不是应该出来主持公道啊。"我将矛头对准了丁叔，谁叫他刚刚笑我来着。

"我哪管得了她们这帮小妮子，我的话向来都是出了药剂室就不管用，你找我算是找错人了。"丁叔将事情甩得一干二净，他把"解郁丸"递给我，接着说，"子瑜，喏，给你。对了，刚刚你为什么拦着我不让张勋知道这药是你自己吃的呢？"

我接过药，耸肩无奈地说："咳，我这不是不想让他太担心吗，

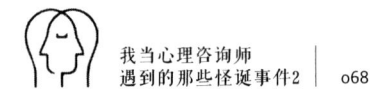

他知道了，肯定又关心我这关心我那的，您都看见了，阿怡那帮腐女就是见不得我们好，一见又不知道传成啥样了。"

"呵呵呵……"丁叔笑着说，"说得也是。好了，不说这事了，这药呢还是一日三次，每次 4g。叔还是那句话啊，是药三分毒，子瑜，你不要太依赖它。它只能辅助你，真正解决问题还得靠你自己。你自己是个心理咨询师，这点比我老头子还懂，你最近悠着点啊，别太累了，要劳逸结合。"

"好的，谢谢丁叔啊！没事我先走了啊。"

第六章

我怕被张哥找上审问，当天没有再加班，五点半下班时间一到，我就走了。但是我又不敢上楼，走到小区门口，我犹豫了半天，最后折到旁边的一家咖啡馆里，要了一些食物，一边吃，一边消磨时间。

这一消遣就坐到了十点多钟，我喝着已经记不清续杯几次的奶茶——因为怕喝咖啡或者茶，晚上睡不着。我把眼睛朝着窗外乱看，突然余光看到旁边的公寓楼里有一道白光闪过。

我定睛一看，发现那个闪光窗台上摆有一个三脚支架，上面似乎放着一台超高精密的望远镜。更重要的是，它对准的方向就是我住的房间!

我的乖乖,原来问题出在这里!搞了半天,那双阴魂不散的眼睛不是在我的房间里,而是在外面,我之前怎么就没想到呢?!

一发现这个鬼东西,我当时就有种想要冲过去砸了它的欲望,最后当然是竭力克制了自己。我知道我不能那么冲动,我必须得摸清了情况再说,所以后来的几天里,我开始调查那间房子的主人。

一查得知那房子的主人姓魏,北京当地人,五十多岁,没结过婚,以前曾在气象局干过,后来因为生活作风不正被开除了,从此便一直闷在家里,很少外出。

一个未婚的男人究竟会以怎么样的生活作风不正而被开除,我隐约猜到了一点,但是不敢肯定,于是再三追问原因。

在我一连递给了好几根大中华之后,那个缺了一颗门牙,在那栋公寓看大门的老头子,笑得很暧昧地告诉我:"那个老魏啊,据说性取向有问题,他之所以被气象局开除是因为猥亵一名去实习的男大学生……"

这个老魏果然有问题,那三脚架上的东西毫无疑问肯定是台望远镜,敢情他是看上我了。想起他那猥亵的眼神,没日没夜地窥视着我,我心中就一阵恶心,差点连隔夜饭都给呕出来。

跳出去骂街那是泼妇干的勾当,握拳去打架是莽夫做的营生,我乃一介书生,当然是不齿做这些的。斯文人有斯文人的解决办

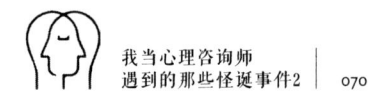

法，所以我写了封信邮给了老魏同志，告诉他我并无特殊嗜好，请他饶了我，另寻新欢，并祝他成功。

哪知老魏同志不甚感兴趣，死皮赖脸地贴上我了，越发来劲，越发起浪，将偷窥的本事发挥到了极致。

不管我在哪里，也不管我用的窗帘有多厚，他那双充满了意淫的眼睛像是带有红外线一样，我怎么逃也逃脱不了它的视力范围，强悍得我甚至路过他那栋公寓的时候都禁不住打寒战。

这种日子实在不是人过的，我得想办法解决了这档子麻烦事，既然写信不成，那就面对面地说吧，希望他老兄行个好，放我一马。

我知道他每天早上有晨跑的习惯，因此在某一天早上，我早早起来，专程跑到他常爱晨跑的花园里等候。

九点一刻刚过，老魏同志就挥动着像两面旗帜的双臂小跑着来了。我装模作样地运动着靠近了他，这个满头白发、身材高大的老魏同志的眼睛果然锐利得很，像两把刀子一样。

我这个人不爱绕弯子，跟他打了一声招呼，就直奔主题说："老魏，我是谁，我想用不着介绍了吧，你天天窥视着我，估计连我头发都数清了，您大人有大量，就饶了我这个迷途小青年吧！我真没特殊嗜好，您就别在我身上浪费时间了，我和你是不可能的，你高抬贵手，放我一马，下辈子我衔草结环，做牛做马来报答你的恩情。"

这话一说，我自己都觉得有点感动了，可是老魏同志毫不动情，斜了我一眼，吐了"你神经病"四个字就跑远了。我看着那个远去的背影，在心里发狠说：妈的，好个老变态，你那么嚣张，就休怪我无情了。

待到晚上的时候，我发觉老魏又在透过他的望远镜窥视我了，我转身背对着他，偷偷打了报警电话。

五六分钟过后，一辆警车就呼啸而来，三个警察二话没说就冲进了老魏的房屋里头，我在这边见他被警察制伏，为了不让他有任何狡辩的机会，我充当受害人赶了上去。

一进屋才发现有点不对劲，老魏并没有像我想象的那样被警察铐起来，反而警察一个劲儿地在向他赔不是。

后来一问才知道误会老魏了，他每天是摆弄着望远镜对着我这边，可压根不是我想的那样。那台望远镜是台天文望远镜，根本就看不见近处的东西，老魏是用来观察新发现的一颗二等星。

像我这样精明的人，自然不会被老魏的两三句话就打发了，于是我亲自凑近目镜看了看，发现看近处的景物，的确一片模糊。但我怕是他在望远镜上做了手脚，将望远镜仰起朝天，果然入目的是一片璀璨的光芒。

我知道自己捅篓子了，赶忙道歉。好在老魏同志宽宏大量，知道是误会一场，也就没为难我了，而且还为我向警察说好话。警察见当事人都无所谓了，自然也就散了。

离开老魏屋子的时候，我感动得一塌糊涂，心想这世界还是

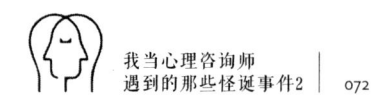

好人多啊，但是让我惴惴不安的是，那双一直在窥视着我的眼睛到底是从哪里来的？

我低头想着，突然感觉到背后似乎有双眼睛在直勾勾地看着我，眼神里充满了浓浓的杀机，不由得惊出了一身冷汗。

我回头一看，什么也没发现，眼前只是一片无尽的黑暗，可是似乎有一双无形的眼睛存在着，正一眨不眨地与我对视着，我倒吸了一口凉气，喝道："是谁？"

黑暗中没有回应，那双杀气腾腾的眼睛却在一步一步地向我逼近，似乎还伴随着一阵无比恶心的尸臭。

我仅存的一点胆量顿时消失得无影无踪，掉头就跑，一口气跑回了住处，关紧了房门。

然而回到房间里，那种恐怖感并没消失，相反更加剧烈，我敏锐地感觉到那个眼睛也跟了上来，此时就停留在我的房门外，这一刻，我感觉到了危机。

第七章

当晚我裹着被子，哆哆嗦嗦一宿没睡，整个人就像掉进了冰窟里似的，冷得彻骨。天亮前我迷迷糊糊地睡着了，突然一阵声大如雷的敲门声，伴着叫唤我名字的声音将我惊醒。

"子瑜，子瑜，你在家吗？"是张哥急促的声音。

我想大声应一句，但是喉咙像是被堵住似的发不出声来，我想从床上爬起来，结果一起身顿时天旋地转，浑身无力地跌倒在了床上，我怎么一点力气都没有？我躺在床上缓了缓，摸了一下额头，烫得厉害，原来我正在发高烧。

外面张哥的叫唤声和敲门声依然在急促地响着，我憋了一口气，强撑着自己的身体下了床，一步一步挪到门前开了门。

门一开，就看到正急得跟啥似的张哥，他见了我，略有埋怨地说："小子，你在干啥呢？为什么那么久不过来开门？"

我张了张嘴，想回答，但是身上一丝力气也没有了，腿脚一软，我跌倒在他的怀中。

张哥抱着我，摸了摸我的额头，忍不住叫了出来："我去，小子你烧得不轻啊。"

他扶着我进了房，把我放在床上，随后去了洗手间，打了一盆凉水，给我洗了一把脸，最后用湿毛巾敷在我的额头上。

经他这么一处理，我感觉自己好多了，我感激地说："张哥谢谢了啊。"

"我就说你一个人住不成吧，你看生病了也没个人照顾……"张哥一边说，一边给我倒了一杯白开水。

我撑起身子想接过去，结果张哥见状忙说："别起来，别起来。"安顿我躺好后，他将水杯递到我嘴边，接着说，"来，我喂你

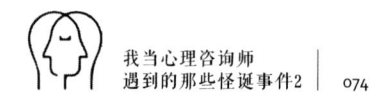

喝。"然后一小口一小口地喂我。

喝完水后,我感觉自己好了一大半,我问他:"张哥你咋来了?"

"今天早上你没去上班,也没请假,给你打了好多电话你也没接,我觉得情况不妙,就过来看看,没想到你是病了。"

"嗯。估计是昨晚没盖好被子,冻着了吧,张哥真是多谢了啊。"

"这是啥?"张哥扬了扬手上的小瓶子,带着不爽的口气问道,"你不是说去老丁那儿只是问药吗?怎么问着问着自己带回家了呢?老实交代,最近你咋了?"

张哥手里拿着的是丁叔给我开的"解郁丸",我将它放在床头柜上,估计刚刚张哥喂我喝水的时候看到了。

"最近不是工作忙吗,所以我从丁叔那儿开了点安神定心的药。"我还是不敢跟他交代实情,打着马虎眼说,"你还别说,这药还真管用,吃了后,这两天我的精神状态好多了。张哥,下次给患者开药,记得开这个药,真的蛮管用的。"

"臭小子,撒谎也不看看对象,你小子身上有几根毛我还不知道,还跟我打马虎眼,刚刚我去洗手间打水的时候,发现其他房间空荡荡的。一个多月前,你小子还兴奋地跟我说,另外那两间卧室都租出去了。这才住了多久,两家都搬走了,还有,你看看你的房间,窗帘遮得死死的,屋里空气这么差,好多天没通风了吧。快说,到底怎么回事?"

张哥目光如炬地盯着我,看得我心中有些发虚,我诺诺地说:

"嗯,这个,最近是有些变故,张哥,我并不是有心瞒你,只是不想让你担心而已。"

我不敢再隐瞒,当下将这一个多月来的种种遭遇一五一十地告诉了张哥。

张哥听了,有些恨铁不成钢地说:"唉,亏你自己还是个心理咨询师呢,你这种情况很明显是'被迫害妄想症'嘛。张立彬和王威威一事引得你有些疑神疑鬼,再加上最近工作忙,压力大,让你这负面情绪无限扩大,原先的疑神疑鬼变得神神道道,造成了你总感觉有人在跟踪你、偷窥你,乃至想杀害你的错觉。"

"我开始也是这么想的,不断地告诉自己,那双眼睛是我幻想出来的,每天都吃'解郁丸',但是没有任何效果,那双眼睛越发真实并成形出现了!"

"给自己的心理减压,难道只是在心里不断地告诫自己就成的吗?你的心理课是化学老师教的吗?听听歌或者看看书都比这个更能让人放松,你看似不断地告诫自己不要陷入幻觉之中,实际上这么做却相当于一次又一次提醒自己正处于幻觉之中,这样不但于事无补,反而更加加重了你的心魔。你心理没有减压,就算吃再多的药物都没有用。"

"嗯嗯,张哥你说得很对,事情好像就是这样。我去,我怎么就没想到呢?"我点了点头,听张哥这么一说,我感觉豁然开朗。

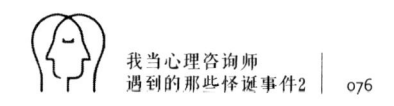

"正所谓医者不能自医,旁观者清当局者迷,事情发生在自己身上,判断力和智力相比平日会减弱很多,所以有些时候无法在第一时间做出合理的决策。你现在头脑清醒了,你说你目前的当务之急是干什么?"

"嗯,首先我得搬离这个地方,因为这个地方很难让我心静下来,只要在这里一天,我就会忍不住胡思乱想一天,只有换个新环境之后,我才能彻底静下来;然后好好休息一段时间,再辅以抗精神的药物,我想不用多久,就能好起来。"我想了想,接着说,"张哥,要不我去你那儿住几天好不好?"

"哼,臭小子,我当初三番五次请你去我那儿住,你都拒绝了,现在你好意思觍着脸说这话?"张哥故意板起了脸。

"张哥,你误会我的意思了,我当时是怕打扰你嘛,所以不好意思去蹭住。"

"现在你就不怕打扰到我了吗?"

"张哥人那么好,怎么可能嫌我打扰呢,我真是以小人之心度君子之腹啦。"

"搬我那儿住可以,你病好了之后,得负责帮我洗衣做饭!"

我就知道他会来这一套,心想着我病好了,我不会再搬回来吗,但我嘴里敷衍着他说:"当然了,我是那种白吃白住的人吗,这些小事就包在我身上吧!"

"那就没问题了,看你小子蛮来劲的嘛,我来看看……"张哥说着摸了摸我的额头，说，"嗯，烧退了，再喝点水，休息一下，等下就随我去我那儿。"

"好的。"

第八章

搬到张哥家住后，他为我和他自己各请了半个月的假，然后给我制订了一个减压计划，从丁叔那儿拿了一些抗精神的药物，每天监督我落实他的计划，比如什么时候听歌，什么时候一起下棋，什么时候一起外出散步。

如此几天后，我的"被迫害妄想症"果然轻了不少，起初还会感觉到那双杀气腾腾的眼睛，后来随着推进每日既定计划，十天之后，我已经完全好了，心里盘算着搬回我自己租住的房子，然后回中心上班。

那天天气不错，风轻云淡，我和张哥在小区的凉亭里下跳棋，他赢了我好几盘，心情很是愉悦，见他这么开心，于是我跟他说："张哥啊，谢谢你这十来天对我的照顾，真的非常感激，我的病已经好得差不多了，我想明天搬回我原先住的地方。"

张哥头也没抬一下地说："你回不去了。"

"为什么回不去了呢？"我觉得很奇怪。

"你那套三室一厅的房子,我已经帮你转租出去了。"

"啥?你转租出去了?"我还以为自己的耳朵听错了呢,我震惊地说,"啥时候的事啊?我怎么不知道?"

"你的房子之前不是一直在网上挂着出租的信息吗,几天前你正在浴室里洗澡,你的电话响了,我帮你接了起来,原来是想租房的人打来的。我考虑到你还没有完全好,就拿着你的钥匙,代你走了一趟,没想到对方一下子就相中了你那套房子,第二天就搬进去了。"张哥有些沾沾自喜地说,"怎么样,我这事办得利落不?之前你可是挂了半个月都没有租出去呢!"

"谁叫你帮我把房子租出去了?"我一下子有些火了,"租出去了,我以后住哪儿?"

"你个臭小子,我就知道你把我这儿当病房,病好了就想跑,答应给我洗衣做饭的事恐怕早已忘得一干二净了吧。"张哥这时候终于抬起来头,怒斥着我。

见状,我忙装孙子地说:"张哥息怒,息怒,我不是这个意思,我这不是不好意思一直在你这儿白吃白住吗,寻思着回自己的地儿自力更生嘛。"

"这你就不用太担心啦,你那套房子转租出去后我一共拿到两万块钱。我这两天正想跟你说呢,你住我这儿包吃包住,水电费全免,还免费上宽带,一个月收你两千好了,这个价钱不算贵吧,一年就是两万四千块。咱们是同事,你又是我徒弟,我再给你优惠一下，你那两万块在我那儿住一年，你还能蹭我的车上下班，不但免去了上下班三小时挤地铁的辛苦，还节约了通勤费，怎么样，划算吧？"

我一听差点一口老血吐了出来，在他这里住了十来天，我想中心估计早已传得满城风雨，要是跟他合住一年，那还不得腥风血雨，我摇头如撞钟似的说："不行不行，绝对不行！"

"为啥不行？你给我一个理由，这么好的事情你上哪儿找去，对你这么好，你还不满意，臭小子，我跟你说啊，你别得寸进尺啊！"

"张哥，息怒，息怒，我不是那个意思，我是说……说……"我不知道找什么理由来搪塞他。

"没借口了吧，小子，实话跟你说吧，你那两万块，我前两天已经投资到理财产品中去了，我现在手上也没钱，你想把钱要回去那铁定是没戏了。一句话，你爱住住，不住滚蛋。"张哥一副吃定我的表情。

事到如今，他都这么说了，我还能说啥，只好赔着笑说："好好好，张哥，我就住你这儿啦，这一年就麻烦你了啊。"

我跟张哥合住的消息传到中心，果然又引得那帮腐女八卦不停。可事已至此，我还能怎么着，只好随她们去了，反正我行得正坐得直，不怕她们说三道四。

NO.03

男子自称来自另一个时空

案例编号：120341527

姓名	高峰	职业	无业
性别	男	婚姻	未婚
年龄	27	住址	北京海淀区
症状情况	因受不了分手的痛苦，男子终日泡在酒坛里，有一天突然自称来自另一个时空，然后不断跳楼自杀，宣称这样可以回到属于他所住的时空		
治疗结果	成功		

第一章

心理学上有个术语叫 Pseudo Memory，翻译成中文的意思就是虚假记忆。人的记忆并非一台摄像机，能把我们看到和听到的东西正确、完整地记录下来，而更像是拼图——将脑海中一片又一片的线索拼凑起来，连接成一个故事。

在拼凑的过程中，会有漏洞或者错误，这些漏洞或错误可以被新的信息填补，从而产生新的故事。

如果新信息很适合这个漏洞，能使故事更连贯、合理，那么它就很容易成为记忆的一部分，这种不真实的回忆，就是虚假记忆。

每个人的大脑都可能产生虚假的记忆，或出现将事物的真实情况扭曲的情形，这是一种很正常的心理。

但某些脑器质性疾病患者由于记忆力的减退，他们会以想象的、无事实根据的一些经历或事情填补记忆缺失，这种情况叫记忆性虚构症。

这种案例我曾经遇到过不少,但是论虚构的记忆荒诞到极致,除了高峰真没第二个人了,他虚构的记忆竟然是时空穿越!

高峰与我和张哥同住在一个小区里,在未见他之前,我们就"久闻"他的大名。他之所以出名,是因为在一个月之内,他已经在小区里闹过三次跳楼,前两次他都被劝下来,第三次他硬跳下来了,所幸楼底下警方早已铺好了气垫,不然的话,从十八层楼跳下来,不死也要残废了。

他的那三次跳楼,闹得整个小区沸沸扬扬,甚至连隔壁小区都知道了。

那天周末,张哥说要展示一下他精湛的厨艺,于是我们去了小区门口平日里经常买菜的菜贩子李阿姨那儿。

当时店里人不多,只有李阿姨和一名四十多岁的大妈,二人正在唠嗑,起初二人说的是一些家常,我并没有太注意听,和张哥一起自顾自地选菜。

那个大妈说着说着,突然神秘地跟李阿姨说:"李姐,咱们小区西区的那个高峰你知道吧?"

一听高峰,我就想起了他的三连跳,忍不住认真听了起来。

李阿姨回应道:"知道啊,就是那个连续闹跳楼闹了三次的人。怎么,他又跳楼了?"

"这倒没有,李姐你知道他为什么跳楼吗?"

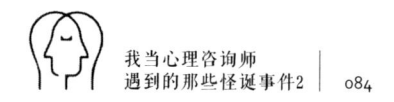

"听他们说是因为失恋,他女朋友跟别人跑了,然后人就疯了。"

"其实不是!"大妈压低声音说,"真正原因是鬼上身。"

"啊,是吗?不是听说人疯了后,还送医院治疗了吗,咋成鬼上身了呢?"

"刚开始是这么认为的,高峰第二次闹跳楼之后,他的家人就将他送到医院检查,结果左查右查,什么毛病也没有查出来。医院说他状况一切良好,出院后,没多久,高峰就第三次跳楼了。他家人觉得这事不简单,于是就请了一个高人过来看。那高人一进他家的房门,就说他家怨气太重,说有女鬼想找替身,缠上了高峰,迷惑他跳楼自杀……"

"哦哦,原来是有脏东西缠着了啊,难怪他老跳楼呢!后来怎么了?那女鬼被高人驱除没?"

听到这里,我心里不由得叹气,我和张哥住的这个小区在北京算是中等偏上了,住在这里的人的素质应该还是挺高的,想不到还有这么多愚昧的人。当即我就想义正词严地给她们科普一下这个世界上是没有鬼的,结果被张哥拦住了。

他冲着我轻轻地摇了摇头,我只好把到嘴边的话又咽了下去,继续听她们说话。

"没有呢,那高人当场开坛作法,但是那个女鬼太厉害啊,那高人跟它斗了三天三夜,都没有将它降住,最后那高人灰头土脸地走了,高家最近正在外面到处请高人呢……"那名大妈神经兮兮地说。

"那高峰呢？他没事吧？最近好像没听到他再跳楼了。"

"怎么可能没事，最近若不是他家里人把他捆起来，吃喝拉撒都在床上，不然的话，恐怕早就跳了！"

"哦，是这样啊，高峰这孩子还真是可怜，他也常常来我这儿买菜呢，挺好的一个孩子，可惜了，希望他能渡过这一关。"李阿姨说。

就在这时，突然听到店外人声鼎沸，那名大妈见状走了出去，很快又回来，跟李阿姨说："高峰又闹跳楼了！李姐啊，菜等会儿买，我先去看看啊。"说完，掉头就走了。

见她走了，我低声跟张哥说："要不咱们也去看看。"

"也好。"张哥回道。

于是我们随大溜来到了西区高峰家所住的楼下，我们当然不是抱着看热闹的心态去的，而是看看能不能帮上什么忙。高峰前三次跳楼，我和张哥都不在家，没有遇上，不然的话，我们肯定会帮忙看看的。

此时这里早已站满了人，人们看着楼顶天台上的三个人影指指点点，地上不见气垫，也不见警察，看来警方还没有到，我们暗叫了一声糟，连忙上电梯，赶到了十八楼，然后顺着通往楼顶的台阶到了天台上。

一上去之后，就看到高峰他爸半个身子挂在天台外，高峰他

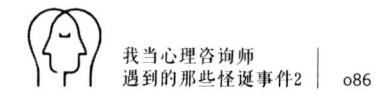

妈匍匐在地，抱着他的双腿正在吃力地往回拉，莫非高峰跳了？我们连忙赶了过去，走近一看，果然如此，高峰他爸双手拉着悬吊在半空的高峰。

高峰不断地挣扎着，语无伦次地说："放开我，快放开我，让我跳下去，跳下去后，我就可以回到我的那个时空……"

高峰他爸一边使劲地将高峰往回提，一边安慰道："峰儿，别乱动，有话咱们上来好好说成不？死是解决不了问题的！"

见状，我和张哥连忙搭了一把手，帮着高峰的爸妈一起将高峰拉了上来。高峰被拉上来后，一心还想寻死，挣扎着要继续跳楼，我们几个人只好强拉硬拽架着他往回走。

就在这时，警察和急救人员上来了。急救人员给高峰打了一针镇静剂，很快高峰就全身一软，整个人安分下来。我们帮高峰的爸妈架着高峰回到了他们家中。

第二章

警察了解了一下情况，当他得知我和张哥是心理咨询师后，就拜托我们开导一下高峰，随后便和急救人员撤走了。在高峰家的客厅里，我们开始跟安静下来的高峰聊了起来。

张哥跟高峰说："高老弟啊，看你的样子不像是对人生绝望的人啊,可以跟我们说说为什么要三番五次跳楼自杀吗?"

张哥说得真是一点没错,这时的高峰看上去帅帅的,五官清秀中带着一抹俊俏,帅气中又带着一抹温柔,跟在天台跳楼时要死要活、面目狰狞的样子大相径庭。这么阳光的帅小伙,若不是我亲眼所见,打死我也想不到他会要跳楼自杀!

高峰看了我们一眼,抿着嘴巴,欲言又止。

"高老弟,别因为我的职业就让你觉得有压力。抛开职业来说,咱们都是邻居,我就住在东区四号楼那边。邻里之间就应该互相关心、互相帮助,我希望能够帮到你。"

高峰淡然地说:"你帮不了我。"

"哦,为什么呀?"张哥进一步引导地说,"刚刚我们在救你的时候,我好像听到你跟高叔叔说,这样你就可以回到你的那个时空了?这是什么意思呀?能说说吗?"

高峰他爸抢先说道:"我这孩子他是疯了,整天胡说八道说什么他不属于这个时空,他是另外一个时空里的人,说什么平行宇宙,只要跳楼自杀他就能回到另外一个空间,一堆乱七八糟的话……唉,我高家到底作了什么孽啊,咋生了这么一个孩子!"

高峰他爸一说完,高峰他妈接着说:"大师说我们孩子是被找替身的女鬼缠身,所以才会接二连三地跳楼自杀。唉,最近我一直在给他找高人过来再看看。之前我们一直将他捆绑在床上,今天不知道他是怎么挣开了绳索,跑上了天台。好在你们二人及时赶到,

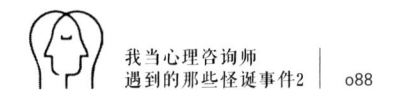

不然的话，真不知道会怎样，谢谢二位了啊！"

张哥微微皱了一下眉头，冲我使了一个眼色，我当下明白，笑着对高峰的爸妈说："叔叔阿姨，刚才那么一折腾，想必二老也都累了，要不你们进房里休息一会儿，这里留给我们。放心吧，我们一定会看好高老弟的。"

高峰的爸妈看了看我，又看了看张哥，犹豫了一下，最终进房去了。撵走了二老后，张哥继续问："高老弟，刚刚听叔叔说你是想利用跳楼回到另外一个时空。平行宇宙，我知道，说的是我们的宇宙很可能是一个多宇宙理论中的一个，就像肥皂泡的泡沫那样，在其他的宇宙中可能存在着同样的我们和空间。不过目前的说法只是停留在假设阶段，并不是实际宇宙学理论。你怎么会想到利用跳楼来实现时空穿越呢？"

"谁说平行宇宙只是假设，实话跟你说吧，我其实是另外一个平行宇宙穿越过来的人！"高峰一本正经地说，脸上看不出丝毫开玩笑的意思。

听他这么一说，我忍不住脑补起来，高峰架着一台时间机器穿梭于不同空间，以此改变他的人生，不对，他是以跳楼来实现穿越的，他跳楼回到过去和未来。

咦，怎么这么像国产穿越小说，该不会是他看穿越小说看傻了吧？我一个不留神，"扑哧"一声笑了出来，笑出来后，意识到自己的不对，忙捂住自己的嘴，尴尬地看着他们。

张哥狠狠地瞪了我一眼，高峰却很坦然地说："我知道，我这么说，你们一定觉得我脑残了吧，可事实真的就是这样！"

"哦，你这么肯定地说，我想你必然有你的理由，能详细说说吗？"张哥继续问。

高峰想了想，似乎下定决心，他说："好吧，我跟你们详细说说，反正我是铁定要回到我那个空间去的，现在跟你们说说，也算是为平行宇宙提供一个证明。我是一个月前穿越到这个时空的，我所在的那个时空跟你们这个时空一模一样，只不过在那个时空里，我的父母对我非常好，我有个非常相爱的女友和一个非常铁的哥们儿，我供职在一家互联网公司做技术，是公司的重点培养对象……而这个空间所有的一切都相反！"

"你的意思是说，你的父母、女友、铁哥们儿以及公司对你都不好？"张哥将问题重点提了出来。

"嗯，我父母，你们也看到了，我爸在那个空间可不是这样的，我是他的骄傲，看看这个空间的他，刚刚说了啥，说他上辈子作了什么孽，生了我。而我妈呢，一直说我被女鬼缠身，到处请江湖术士来帮我驱鬼，我那个空间的妈可是坚定的无神论者，压根就不信这些神神道道的玩意儿。"

"那你的女友和铁哥们儿呢？"

高峰的神情一黯，落寞地说："这个时空，我最爱的女友嘉华和最铁的哥们儿江宁居然背叛了我，两人搞在了一起，还有我上班

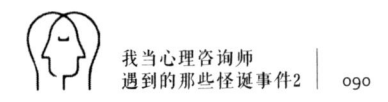

的公司，居然把我开除了。你说搞笑不搞笑？！"

"也就是说这一个月以来，你连续跳楼就是想回到原来属于你的空间？"

"是啊，这么一个糟糕的空间，你们说我还有必要继续待下去吗？我当然要回到我的那个空间了。"高峰看着我们，一副"难道不应该"的表情。

听到这里，我忍不住插嘴道："高老弟，就算你说得都对，你怎么知道跳楼自杀就能回到原先属于你的那个空间？"

这话也是张哥想问的，他没有瞪我嫌我插嘴，跟我一样，都眼巴巴地看着高峰，好奇地等待着他的回答。

高峰肯定地说："我当然知道啊，因为我就是通过跳楼自杀穿越到这个时空的啊！"

我较真地说："那个不是，高老弟，我跟你数一下啊，你这个月里加上今天这一次，一共跳了四次楼，前两次和这最后一次都没有成功，但是第三次你是成功了对不对？成功了，那么按理说，你应该成功穿越回去了啊，可现实是你现在还在这个空间，这说明以跳楼自杀来实现时空穿越是不可能的，我说得有没有道理？"

"那是因为第三次楼下有气垫，我安然无事，所以没有成功穿越？"

"你的意思是说，直接摔死你就能穿越喽？"我继续问了一句。

"我没那么说，我的意思是说如果没有气垫的话，那么我就算是完美跳楼，就可以实现时空穿越，因为之前都是这样……"

见这哥们这么拧巴，我有些气，正要开口接着说，这时候看到张哥狠狠地盯着我，像是要把我活吞了，我忙知趣地闭上了嘴。

张哥干咳了一声，接过话说："高老弟，听你刚才的话，你之前成功穿越时空多次？"

"是的，就是因为之前我多次成功穿越时空，我才那么放心大胆地跳楼。跟你们这么一问一答，我觉得很累，我跟你们从头开始好好说说吧。事情是这样的，一个月前，当我还在我所在的空间时……"

第三章

高峰所说的故事非常有趣，甚至有些脑洞大开，为了保证原汁原味，我这里原封不动地将他的讲述插进来：

一个月前的那个周六下午，在我的那个空间里，我和我的铁哥们儿江宁前往北京大学百年讲堂听音乐会。说是听音乐会，其实我和江宁并不懂音乐，我们只不过是想去看看美女而已。

遗憾的是，偌大的现场，任凭我们两双色眼如何找就是没看见一个顺眼的。在猎艳期间发生了一段比较值得玩味的小插曲，那就是江宁在色眯眯地扫射全场的时候，无意间看见了一个穿着跟我一模一样的年轻人，由于距离甚远，再加上背对着他，他没看清楚那人的面目。他当即就把这件事告诉了我，我也觉得好奇，居然会有那么巧的事情。

于是我沿着他指的方向看去，可惜那人早已不见了。当时我也没多加留心，现在回忆起来，要是那时找到了这个人，也许后面的悲剧就不会发生了。

美女没发现，而我们又无音乐细胞，尽管台上的钢琴师演奏得很卖力，可是依然提不起我们两个的劲儿。

百无聊赖地听了一曲，终于抵挡不住周公的呼唤，我和江宁先后靠在椅子上睡着了，直到被散场时那打雷般的掌声吵醒。

我们出了大厅，一看时间八点半了。我只想早点回家，可江宁不干，他说好不容易出来一趟，不管怎么样，都得玩个尽兴，竭力邀请我到处逛逛。

我提不起一点劲儿，婉转地拒绝了，最后他使用了撒手锏，建议去探险，去北京赫赫有名的朝内大街81号。

这个邪地我老早就想去了，只是一直没去成，不由心动了，当下同意一并前往。

当我提出回家准备工具的时候，江宁拍了拍他身后的背包跟我说："家伙都准备了，两个狼眼电筒，两把瑞士军刀，一捆绳索，若干个荧光棒。"他要我放心好了，该准备的家伙他都准备好了。

我当时觉得有点奇怪，本来是来听音乐会的，他准备这些东西干吗，于是好奇地问他："怎么，家伙都准备得这么齐，莫不成你早有计划，音乐会散场后就去探险？"

江宁干笑一声，只说了一句"那是"，丢了一根香烟在嘴里，猛吸了起来。借着他烟头上的火光，我看见他脸上的表情有点怪异，心里没来由地打了个冷战。

他不说，我也不方便多问。两个人沿着北大校园路，想从东门出来，然后打的前往朝内大街，哪知走到北大图书馆的时候，突然路边的矮树丛里闪出了一个人影，没头没脑，操着一根棍棒对着江宁的头，就是一闷棍下来，然后又钻回树丛跑了。

他出现得实在是太突然了，我只看见一个黑影冲了出来，还没看见他的样子，他就缩回去了。

直到江宁应声而倒的时候，我才反应过来要去逮住他，等我钻进树丛的时候，他已经跑出了好几十米，我当然不会就这样放过他，紧追了上去，嘴里自然也少不了吐出几句脏话和叫他站住这样一点营养都没有的对白。

追到一个拐弯处的时候，前面那个人突然不见了。我四周找了一下，依然不见他的踪影。想到江宁还倒在地上呢，也不知道怎么样了，心里牵挂着他，我不敢多逗留，大骂了几声，然后赶了回来。

江宁被路过的一个女学生扶了起来，看样子他并无大碍，正妹

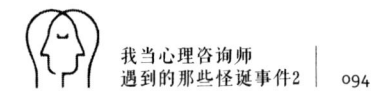

妹长妹妹短地跟那个女同学"暧昧"着。那个女同学估计早就很不耐烦了，一见我回来，像受惊的兔子一样逃之夭夭了。

我直直地看着他说："我现在终于知道了，为什么女人见了你就怕。"

江宁嬉皮笑脸地回答说："那姑娘不错哦，我已经知道她的电话了，有空约她出来玩玩。对了，刚才打我的那个人追到没有啊，妈的，我今天晚上撞鬼了啊，莫名其妙挨了一棍，那狗贼是谁啊？"

我摇着头说："我也不晓得，人没追上，他蒙着个脸，看背影似曾相识，可是我一时想不起他到底是谁。"

"妈的，蒙着个脸，敢情是怕我们认出来，这个人一定是我们认识的，一定是卓小刀，这个狗仔，一直对我怀恨在心，又不敢光明正大地来找我，就搞偷袭。丫的，我不会放过他的。"江宁咬牙切齿地说着这些话。

卓小刀和江宁的过节，我也知道一点。他们以前是很好的朋友，后来因为一个女生而闹翻了，两人水火不容，好似仇人，据说还打过两次架。

"卓小刀人我也见过，高高大大的，跟刚才偷袭你的中等身材明显不是同一个人。"尽管我对卓小刀并无好感，还是跟他争辩了一下，"不过，这个人，你应该见过，他身上的衣服跟我的一模一样。"

"晕，难道就是我在音乐会上见到的那个人？我跟他无冤无仇的，他干吗要偷袭我呢？一定是卓小刀请的帮手，这个狗仔打不过我就请帮手，下次见到他，我不会让他好过的。"

我很能理解他的心情，我们每当出现意外事件的时候，猜想背后黑手，首先想到的人一定是自己最痛恨的那个人，不管是不是真的是他在作祟，但是都与他脱不了干系。

我安慰他说："人没逮住，说不好是不是卓小刀找人做的，算了，反正你也没大碍，我们走吧。"

江宁摸着挨了棍子的头说："都肿起来了，脑子里像给驴踢翻了一样嗡嗡直叫，妈的，今天可真够倒霉的，走走，去朝内大街。"

"都挨了一棍，你还有心情去啊，这么一闹，我可没劲儿了。"这份上了，他还有兴趣，我开始有点佩服他了，我扯了一下他的衣服说，"走吧，还是回去吧。我那里还有半瓶红花油，去我那儿擦擦。过两天就好了。"

江宁想了想，依了我。我们从东门出了北大，打了个出租车往我家里去。不想半途遇上了车祸，车祸发生地是在一个偏僻巷子的拐弯处，当时我们乘坐的出租车正从巷子里出来。

突然前面横冲出了一辆大货车。这条路上本是一条单行道，路道狭窄得很，根本就容不下两辆车并排行驶，而且大货车出现得极其突然，出租车司机想刹车已经来不及。

眼看两辆车就要撞上了，我和江宁不由惊呼了起来。好在司机

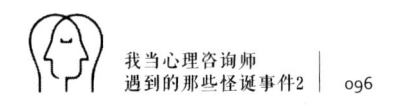

是个老手，关键时刻方向盘一转，将车开上了人行道，让过了这辆大货车。

车是让过去了，可是危险却并没过去，上了人行道之后，出租车像撞上了什么东西一样，"砰"的一声，我只觉得车身一阵晃悠，一股牵引力把我推向了前方。我的头磕在了前面坐垫背上的硬物，疼痛蔓延了全身，当场昏死过去。

第四章

等醒来的时候，我发现自己已经在医院里了，时间是次日的下午。从护士的嘴里我得知，出租车掉进了人行道上正在施工的工地里，司机被变形的车厢活活夹死了，而江宁则被穿透风挡玻璃的钢筋插进了心脏里，当场死亡。

这起车祸只有我一个人活了下来，更奇迹的是，我居然只碰伤了一下额头，其他地方没半点受伤。所以当护士说起这件事的时候，说一句话就"啧啧"一下，一个劲儿地说我幸运。

听了她的话之后，我心里头自然是又惊又喜，拿起手机来一看，有好几个未接电话，都是家人和女友打来的。

我回拨了过去，本想将车祸的事情告诉他们，但怕他们担心，想了想最后没有说，只是告诉他们前一天晚上喝多了，住在朋友家里。

电话刚刚打完,我的病房里就进来两个警察,随后我就被他们那番高谈阔论一下子打入了冰窖里,从头到脚,冷得直起鸡皮疙瘩,连汗毛都竖了起来。

他们先是要我说说车祸发生的前因后果,仔细听完后告诉我,车祸发生之后,有人报了警,警察迅速地赶到,经过他们的勘查和调查,发现现场有众多疑点。

他们说,出租车虽然被撞扁了,但是那情形还不至于把一个人活活夹死。司机的座位有被移动过的迹象,司机的头部有其他不明凶器砸伤的伤口。江宁的身上也有多处被扭打的伤痕,而插入他心脏的那根钢筋更是人为造成,在车厢里还发现有搏斗过的痕迹。

所以他们怀疑,江宁和出租车司机都是被他杀的,凶手利用这起车祸,借机干掉了他们二人。

他们从江宁身上的伤,推测凶手趁机做掉的目标应该是他。车祸后,江宁并没昏厥,还曾与凶手打了起来,后来不敌,才被凶手杀了,为了灭口,凶手顺便把同样没有昏迷的司机也杀害了。

说到这里的时候,那个留着两片小胡子的圆脸警察,上下看了我一眼说:"你真的当场昏死过去了?"

我点点头应了一句"是啊",他的口吻有点怪怪的,我敏锐地感觉到他对我极不相信,忙又紧接着说:"警察先生,您该不会是

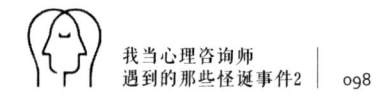

在怀疑我撒谎吧？我发誓，我当时真的昏死过去了，不然的话，我绝对不会让凶手得逞的！"

那圆脸警察死死地盯着我说："是吗？你说你当场昏死过去了，那么向我们报警的那个人又是谁呢？"

我一头雾水地说："什么？我怎么知道向你们报警的那个人是谁？"

那个圆脸警察说："向我们报警的那个人不正是你吗？"

"我？我报的警？不会吧，您一定是搞错了吧，我当时都昏死过去了，我还能报警？"我瞪着眼睛看着他，以为他在说笑呢，可是他一脸严肃样，不像是在开玩笑。

那个圆脸警察说："我们查过了，车祸之后，向我们报警的电话号码正是你的手机号码，不信，你自己查查看。有没有打过，你自己翻看一下自己的手机记录，不就知道了。"

我将手机里的通话记录调出来一看，愣住了，在车祸发生不久后，我的手机里果然拨出了一通报警电话。真是见鬼了，我明明没打电话啊。

我一头雾水地说："是有个报警电话从我的手机里拨打出来的，但是我发誓，绝对不是我打的，或许是凶手拿我的手机打的吧？"话一出口，我就觉得自己犯傻了，凶手打的？凶手会傻成这样吗？杀了人还打电话报警？

果然那个圆脸警察一副好笑的模样说："凶手杀了人还报警？

有那么傻的人吗？"

"又或许是其他的人，正巧路过现场，没手机，于是拿了我的手机报了警，反正不是我，我真昏死过去了。"

"呵呵，你倒是蛮会为自己开脱的，没事，是谁报了警无关紧要，重要的是，你可知道我们在他们身上发现的指纹是谁的吗？"

他虽然没说是谁的指纹，但是意思很明显的那个人就是我，但我还是有点不信，故作轻松地说："总不可能是我吧？！"

那圆脸警察一副中暑的表情说："没错，就是你的，我们将你的指纹和在他们身上发现的指纹比对过了，完全吻合。"

我着实吓了一跳，不过很快给自己找到了理由，我说："是吧，我想这也不奇怪吧，我和江宁是朋友，两人拉拉碰碰，他身上有我的指纹，我身上有他的指纹，这是很正常的事儿。至于司机身上，估计是我不小心跟他碰着了，留下了吧。"

那个圆脸警察说："你说的也不是不可能，但是他们两人身上多处伤处都有你的指纹，这就不能不让人怀疑了。"

他这话倒给了我一点提示，我说："嗯，是的，您说得有道理，可是这件事如果是有人陷害我的，那么这一切就很好解释了。"

"什么？你说这是有人陷害你的？"

"是的，现在我终于知道了，那个凶手为什么不杀了我，不是因为我昏死过去了，而是他想嫁祸于我。他趁我昏迷之际，杀死了江宁和出租车司机，然后拿着我的手指，在他们的尸体上乱摸一通，嫁祸给我。他为了弄得更逼真，于是拿了我的手机报了警，因为他知道，一旦你们发现他们是属于他杀之后，一定会向我问话，我蒙在鼓里，什么都不知道，自然老实坦白我当场昏死过去了。这样一来的话，就像现在一样，我成了你们怀疑的对象，所有的证据都指向了我，我想脱身都难了。"

那圆脸警察听得目瞪口呆，老半天才说："高先生，我承认你的推测太有想象力了，但是什么都得讲究证据，不能凭空想象。当然我们说你就是杀人凶手，也还缺少更有力的证据，比如说，你的杀人动机，你的杀人凶器。这样吧，你也并无大碍，你就跟我们回局里走一趟吧，凶手到底是谁，我们自然会查清楚的，还你一个清白！"

事到如今，哪还由得了我选择，我哪敢说个不字，只好跟他们上了警车。

第五章

我很清楚目前的状况对我极其不利，坐在警车上，我一直都在想整个事件究竟是怎么一回事，为什么会演变成这样，究竟是谁杀了他们两个。我越想越不明白，心里越发不踏实，一肚子都是火。

突然，我目光无意间扫了一眼警车右边的反光镜，看见上面映着一个熟悉的人影，于是定睛一看，是他！反光镜上的人赫然就是在北大校园里给江宁一闷棍的那个！

他依然还是穿着跟我一模一样的衣服，头顶着一个鸭舌帽，戴着一副墨镜，看不清楚他的真实面目。他开着一辆推土机，正紧跟在警车后面。

看见他的时候，我一个激灵，忙跟警察说："快停下，快停下，我知道杀人凶手是谁了！"

那个圆脸警察回过头来，看着我说："你又怎么了？"

我指着反光镜上那个人说："就是他，就是他！这人曾经在北大偷袭过江宁，当时他没得手，估计后来又跟上了我们，寻找下手的机会，我们的车祸正好帮了他的大忙，为了全身而退，他嫁祸给了我。对，没错，一定是他！"

那圆脸警察看了看反光镜，一脸疑惑地说："真的？"

我见他根本就没有要停下的意思，大急道："真的，我绝对没骗您。他当时的确偷袭过江宁，虽然我没十足的把握证明他就是杀人凶手，但是至少他嫌疑最大。您拦下他问问，或许有什么新的线索也说不定。"

那圆脸警察看了一眼另外那名警察，见他没什么意见，随即放慢了车速，正要选择停下来的时候，我看见后面那辆推土机似乎加快了速度，气势汹汹，疯了一样地冲了上来。

情况似乎有点不对劲，难道这老小子想撞我们？莫非他知道我对他有所怀疑,胆大包天前来杀人灭口?念头一转,忙想要告诉那个圆脸警察,提醒他赶紧把车开走。

"砰"的一声巨响,推土机已经撞了上来,警车被活生生撞着往前滑了数米,冲上了路边一个半坡,车子控制不住,又仰面滑了下来,然后四脚朝天翻了个身,像个断气的人一样没了生息。

我因为上次有被撞的经验,车子摇晃不已的时候,早已抱着脑袋,缩成了一团。警车翻了个身,我只是被撞疼了几下胳膊而已,并无大碍,可是那两个警察就倒霉了,由于他们丝毫没防备,满头是血,躺在那里一动不动,也不晓得是生是死。

我正要将变形的车门踹开,这时,有个嘶哑的声音响起:"你没事吧?"然后有人把车门撬开了。

我抬眼一看,正是那个开推土机撞我们的凶手,他将双手伸了进来,似乎想抓我,我忙踢开了他的手,大叫说:"你给我滚开,想杀我灭口是不是,可没那么容易!"

那人似乎一怔,说:"杀人灭口?什么意思?我明明是来救你的,你还好心当成驴肝肺了。"

我冷笑一声说:"哼,少假惺惺的了,你以为我不知道,你是想骗我出去,然后做掉我,我才不会上当的。有本事你就进来,我可不怕你!"

那人左右看了一眼说:"你到底出不出来,不出来拉倒,我可要走了,此地不可久留。"说着,他又伸手进来想拉我出去。

我把身子往后一挪,不让他抓住,在移动身体的时候,碰到一个硬物,我随便一摸,原来是根铁棒,当即捡起它,就朝着那人的手敲打去。

那人像是早已看在眼里,一见我打来,随即就把手缩回去,低声说了句:"有人来了,我先走了,你也赶紧走吧,千万别再被警察抓住了,这事我再想办法处理。"说完,他就跑了。

我见他人走远了,这才从车厢里钻了出来。看着他正发动推土机,想要离去,我突然想到,他要是这么一走,江宁和出租车司机被杀一案,我岂不是背黑锅背定了?我连忙追了上去,可人还在半途,那人已经开着推土机扬长而去。

我狠狠地把手上的铁棒随手一丢,沮丧地回到警车旁边,检查了一下两名警察的伤势,他们二人都还没死,但是伤得很严重。我打了个120汇报了一下情况,然后束手无策地等着救护车的到来。

对于这人撞翻警车而又没对我下手,我百思不得其解,难道我猜错了不成?他真的是来救我的?他为什么要救我,我又没杀人?我皱着眉头在原地来回走动着,猜想着此人的目的。

正想得出神的时候,这时手机响了,我顺手接了起来。那边一个低低的声音传来:"你还不走啊!赶紧走啊,警察来了,你就完蛋了。"

这个声音不就是先前撞翻警察说要救我的那个人吗!我不由大吃了一惊,难道他人还没走,一直在监视着我?我下意识地朝四周

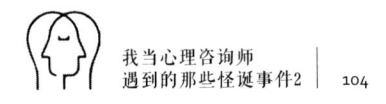

看了看，想寻找那人的踪迹。

那人果然就在我附近，他一见我这般举动，当即就说："别看了，你是找不到我的。快点走吧，不然真的来不及了。"

我冷冷地说："我为什么要走，我又没杀人，警察来了正好，哥们，江宁和出租车司机的死，是你做的吧，我劝你还是乖乖投降吧，你是跑不了的，警察迟早会找到你的！"

那人说："是我做的，可是我所做的一切都是为了你好，只是想不到事情会演变成这样。现在不是说话的时候，你快走吧，先离开这里。你再给我一点时间，我会给你一个交代的。如果事情没成功的话，我会再来找你的！"

"哥们儿，你如意算盘打得不错嘛，警察现在本来就怀疑我了，我要是再走的话，我的嫌疑岂不是更大？我是不会走的，你省省心吧。"他以为我不知道他葫芦里卖的什么药，我这一走，不仅背上了江宁和出租车司机两条命案，还兼带了畏罪潜逃的罪名，我才不上当呢。

"你怎么就不信我呢，我真没想让你背黑锅，我老实告诉你吧，我就是你，你就是我，我们严格说起来其实是同一个人，只是生活在不同的空间里，我只是不小心闯进了你这个时间段。我杀的人，等于是你杀的人，我们谁也脱不了干系，不管你我谁被抓了，结果都是死路一条，赶紧走吧，警察来了，大家都完了。"

他说的话莫名其妙，听得我稀里糊涂的，本不想多跟他瞎扯了，可是想到何不继续跟他聊着，拖延时间，警察一到的话，不就可以逮住他了。于是我故作吃惊地说："哦，是吗，为什么呀？怎么回事？"

那人极不耐烦地说："现在没那么多时间跟你解释。我知道我说什么你都不信，那好，为了证明你就是我，我就是你，我现在捏自己的大腿。"

我不知道他在搞什么鬼，正想细问，这时大腿无缘无故传来了一阵痛楚，像是真有人在我大腿上捏了一把，疼得我都忍不住叫出声来。

那人说："现在你知道了吧，我们真的是同一个人，我有什么比较重一点的感触或者创伤，你那边就会有相同的感应。"

天底下哪有这等事情，可是先前那阵痛楚又是如此真实，我心下骇然，问道："这到底是怎么一回事？"

"我现在有事急着要办，如果事情成了的话，那么一切你都不用烦了，如果没成的话，晚上十二点钟的时候，我会去曙光花园的天台上，到时你过来，我把所有的事情都告诉你！"

对于他说的话，我依然半信半疑，正在犹豫中，大腿上又传来了一阵痛楚，那人在那边大声说："你还不信，是不是想让我再多试试啊，赶紧走吧，迟了，一切都晚了。你难道想挨枪子不成？"

两次都传来痛楚，我想不信他都不成，心一急，忙说："好好，我听你的，这就走……"我话还没说完，他已经挂了电话。

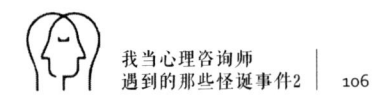

我没再犹豫，迅速地离开了现场。

第六章

曙光花园的天台上，我偷偷躲在堆放杂货的小暗格里，一动不动，像是一块木头，除了头脑依然保持着清醒之外，其他一切都麻木了，甚至连手上的尖刀都有点握不紧了。自从下午被那个杀人嫌疑犯"逼"走之后，我便一直躲在这里。

我逃逸的情况经过电视台的报道早已传遍了整个北京，一切都如我所料，江宁和出租车司机两人的死亡毫无意外地算在了我的身上，警车被撞翻了，其中一名警察失血过多殉职了，也一样记在了我的账上。

在我离开警察被撞翻现场的那一刻起，全城的警察都在找我，在他们找到我之前，如果我无法证明所有的事情都与我无关，那么等待我的只有死路一条。

眼下"逼"我走的那个嫌疑犯，是我唯一的希望，我不晓得他会不会来，是不是在骗我，但是事到如今，我除了在这里等他之外，别无他法。

为了以防万一，我准备了一把尖刀，我已经打定主意，只要他敢来，无论如何我都得将他拿下，交给警察，不然我休想洗清罪名。

门外的月光格外绚丽,它们穿透了门缝像个贼一样偷跑了进来,把小暗格照得一片雪白,让我手中尖刀上的寒光显得更加惨白。我微微动了动麻木的身子,让自己舒服一点。

楼下不知是谁家传来了十二声沉闷的钟声,四周喧闹的声音似乎也随着这几声钟声消逝了。

我的神经却在这一刻紧绷了起来,因为就在这时,我听见楼道那边响起了几声轻微的脚步声,轻得就像猫点地一样,要不是我一直屏息留意外面的动静,一定听不到。

这个声响到了楼道门口的时候,突然停了下来,沉默了很长一段时间,才传来开门的声音。我趁沉默之际,悄悄溜出了暗格,然后在那楼门打开之前,如脱兔一样,闪到门的后面,手上的尖刀下意识地紧握了一下。

一个黑影偷溜了进来,我迅雷不及掩耳地将尖刀伸了过去,顶在了他的腰眼上,然后沉声说:"不许动!把手举起来!"

"哥们儿是我。"那黑影低声说。

我冷笑说:"我知道是你,快把手举起来,否则休怪我手上的刀子不长眼啊!"

他迟疑了一下,最后把手乖乖地举了起来,干咳一声说:"哥们儿,别开玩笑了。"

我怒道:"谁跟你开玩笑了,妈的,我究竟与你有何冤仇,你为什么三番两次嫁祸于我?"

"我不是早就告诉你了吗,我所做的这一切其实都是为了你好!"他很冷静地回答道。

"为了我好?你杀了江宁和出租车司机嫁祸给我,还说是为了我好?是你有毛病还是我听错了?"

死到临头了,他还有心情戏谑我,我把尖刀顶紧了一点,他忍不住呻吟了一声。可是不知道为什么,在我将尖刀顶紧他腰眼的时候,我的腰眼也传来一阵疼痛,像是有一把无形的尖刀同时也在顶紧我。

想到白天的情景,我连忙把手上的尖刀松开了一点,腰眼的疼痛这才消失。

"我没有毛病,你也没听错,杀了他们俩我的确是为了你好,但是我想不到事情会演变成这样。我真的一直在努力把事情往好处引,可是没想到做得越多错得越多。"

我不晓得,他是在作秀还是真的很后悔,在说这些话的时候,他的声音明显带着哭腔。

我说:"既然你承认所有的事情都是你干的,可见你是个坦诚之人。我也不想为难你,麻烦你跟我去警察局走一趟。"

他说:"我也很想跟你去,可是我不能,因为我一去你也就跟着完蛋了。"

"你不去,我才完蛋呢,现在所有的警察都在通缉我,只有你才能洗清我的罪行。"

"就算我去了,你的罪行也一样洗不清,反而越弄越麻烦。"

我嗤之以鼻地说:"去不去,现在可由不得你了。"我摸出手机,准备拨打报警电话。

那个人似乎知道我的心思,连忙颤声说道:"别报警!"说着身子一动,想要转身。

"别动,再动的话,我就不客气了。"我顾不上打电话了,右手尖刀一送,死死抵住他的腰眼。

那人果然不敢再轻举妄动,只是请求地说:"别报警,真的别报警,报警了,只会把事情弄得更糟糕!相信我,我绝对没骗你!"

我冷哼一声说:"是吗,我倒想看看事情会怎么个糟法,别说我事先没告诉你,你要不知趣的话,休怪我手下不留情了。"

那人说:"你一定要报警,我也没办法,但是能不能晚一点再报,让我把话说完?"

我说:"想拖延时间,我才不上当呢,我早就知道,连杀二人,光凭你一个人肯定是不成的,一定还有帮手。"我懒得理他,继续拨打着报警电话。

"嘟……"电话里传来了接通的声音。

那人大急,转身伸手过来就要夺走我手上的电话,我早对他有防备,时刻都在注意他的举动,他刚一转身,我手上的尖刀就送了进去,狠狠地刺了他一刀。

"啊！"我们两个同时叫出声来。

第七章

一阵剧痛从我的腰眼传遍了全身，疼得我什么也拿不住了，手机和尖刀一并掉在了地上。而在此时，地上的手机传来了"您好，这里是北京市海淀区青阳报案中心……"

看来电话接通了，我正要弯腰去捡起来的时候，那人一脚把手机踢飞，手机撞在了墙脚上，没了动静。我又想要去捡尖刀，可是他已比我先一步捡了起来。

看着他手上那把还残留着他鲜血的尖刀，我不由得后退了一步，心里琢磨着该怎么对付眼前这个凶手。

他似乎看透了我的心思，收起尖刀，忙说："别怕，我不会对你做什么的，我这次来只是想跟你好好谈谈。"

先前他一直背对着我，我看不清楚他的模样，这会正面相对，才发现原来他脸上蒙着一块黑布，只露出一双眼睛在外面。

"哼，你当然不敢对我怎么样了，你要是杀了我，谁来帮你背黑锅。"他精心策划了那么多的事情，不就是为了让我来帮他顶罪。想到这点的时候，我不由有点放宽心了，吃准了他不敢动我。

他干笑一声说："我是不会杀你的，我杀谁都不可能杀你，但是我不杀你的原因绝对不是想要你背黑锅。好了，其他废话我不想多说了。我直奔主题，白天的时候，我曾经跟你说过，我和你其实是同一个人，你是生活在现在这个时空的人，而我是生活在一年以后那个时空的人，也就是未来人。"他说到最后那几个字的时候，语气特别重。

"未来人？你的意思是说，你是穿越到一年以前了？哥们儿，你当我是小白啊，回到过去都是那帮无聊的人瞎掰无聊 YY 出来的，你想蒙我，拜托想个好点子好不？"

"我就知道你会这么说，你看看我的面目！"他走到光线最强的地方，然后掀开了蒙在脸上的黑布。

我一看他的脸，顿时呆住了，天哪，那人的脸居然跟我长得一模一样。我不由失声问道："你……你……你到底是谁？"

他苦笑道："我不是早就告诉你了吗，我就是你。"

"我不信！"

"你不信，你过来摸摸。"

我半信半疑地走了过去，他一副任由我宰割的模样。我在他的脸上左摸摸右捏捏，没有发现任何装扮的地方，我越摸心越惊，颤声问道："果然是真的，这、这，这到底是怎么回事啊？"

另外一个我说："对我来说，应该是一年以前发生的事情了，对你来说，也就是在昨天，江宁约我去听音乐会，散场之后又叫我去朝内大街 81 号探险。我们在那栋怪房子的地下室里，发现了一个很深的地坑，江宁在我俯身观察地坑的时候，突然一把将我推了下去。我本以为掉下去必死无疑，没想到地坑下面还有一个人，我正巧落在了他的身上，我人没事，但是下面的那个人却被我活活压死了。"

我"啊"了一声说："什么？江宁将你推了下去？他为什么要杀你？"

"你还不知道吧，江宁其实跟嘉华偷偷背着你暗地里好上了，江宁怕你碍事，于是痛下杀手！"

"我去，我早就怀疑他俩了，只是一直心存侥幸，毕竟他们一个是我最爱的女人，一个是我最铁的哥们儿，这对奸夫淫妇，江宁真是死不足惜啊！"我咬牙切齿地说，然后又想到了什么，忙问，"那后来怎么了，你怎么会穿越到了这里？"

"死者的家属找上了我，死活要我偿命。这个被我压死的人，很有背景，他的家属买通了法官，给我定了个死罪，死刑两年后执行。但是死者的家属还不解恨，又买通了监狱里的警察百般折磨我，我受尽了侮辱，最后在一次野地做工的时候，跳崖自杀了。可是说来奇怪，等我醒来的时候，意外发现自己并没有死，后来才发现原来我回到了一年前，也就是后来所有事情发生的源头。于是我找上了你，我要改变这一切。"

"所以昨天你跟在我的后面，去听了音乐会，散场后偷袭了江宁。"

"是的，看见你们没去成，我甭提有多高兴，但我还是不放心，继续跟在你们后面。你们在小巷子的拐弯处发生了车祸,你和出租车司机都昏死过去了,只有江宁没昏迷,这个浑蛋不死心,又想对你下毒手,我当然不会让他得逞,于是跟他打了起来,后来我失手将他打死了。这一情景被醒来的出租车司机看在眼里,他叫嚷着要报警,我心一急,就将他也给弄死了。"

"你可真够狠的啊!"

"我当时心太急了,为了不让人怀疑,我把现场稍微摆弄了一下,让他们看起来像是真的出车祸死掉的,然后打了电话报了警,不想还是给警察看出了破绽。"

"你可真够愚蠢的,你的手机号码和我的手机号码是同一个,你打出了电话,我这里也有记录,当时我都昏死过去了,怎么可能报警,警察自然就怀疑到我头上了。"

"原来如此,当时我真是太粗心了,没想到这一点。我见警察抓你上了警车,知道事情不妙,随即偷开了一辆推土机前来营救你。所有的事情就是这样,我一直试图去改变,可没想到越做越错,以至于演变成这般不可收拾的局面。"

"那现在该怎么办?你不是说你下午有急事解决吗,还说一旦成功了,就不会让我愁了。"

"我下午又去了那个我自杀的悬崖,我想那地方既然上次我跳下去穿越回到一年前了,那么这次再跳下去应该还能穿越吧,谁知道一点用处都没有,要不是正巧落在一个树杈上,我看我早就挂了。"

听完另外那个我的讲述，我真是哭笑不得，原来所有的事情都是我干的。我本以为抓住他了，就能还我清白，可是真相居然是这样，我如何去洗清罪行。我绝望地说："看来现在只有一条路可走了。"

另外那个我高兴地说："你有办法了？赶紧说说，我上来找你，就是想跟你商量对策的。"

我叹气地说道："死路！"说完这两个字，我就奔到了天台的边缘上，越过了栏杆，一个纵身跳了下去。在落下的那一刻，我隐约听到另外那个我大叫着："不。"

一切都结束了，再也不会有人因为我而去死了。地面离我越来越近，再有个五六米，我就要跟地面来个最亲密的接触了，我闭上了眼睛……

"扑通"像是掉在柔软的毛毯上，我下意识睁眼一看，发现自己身处一个偌大的草坪上！我明明是从曙光花园的天台上跳下来的，下面应该是马路，怎么变成了草地？更奇怪的是明明我跳下来的时候，是凌晨左右，现在怎么太阳还未下山？难道我也穿越了？

一想到这里，我心里不由一阵欣喜，从地上爬了起来，打量了一下四周的环境，才知道我是落在了北京大学里的草地上了。

我从草地里走了出来，远远就看见两个人正朝这边走来，那个眼大眉粗，嘴角边老是留着一抹微笑的家伙，不就是我吗，旁边那个嬉皮笑脸，没一刻正经的不正是江宁吗！

我果然又回到了前一天下午那个空间，我朝他们大步走去，这次我知道我该怎么做了。

第八章

"那你后来怎么做的？"听完他的讲述，张哥问道。

高峰笑了笑，指着自己的头说："我冲过去把那个'我'打昏了。"

"然后呢？"

"然后我又找了个高楼跳了下来，我以为我会回到原先属于我的那个时空，结果没想到来到了这里……"高峰一脸无奈地说。

高峰说的"经历"听得我一脸蒙圈，这种情节只可能出现在科幻小说里，但是在他看来就是千真万确的事实，"一本正经地胡说八道"这句话真是再合适他不过了。

不过高峰的"经历"其实有很多破绽，随便一抓就是一大把。只是张哥在，我不敢抢他的"功"，静静地等待张哥点出来，结果他并没有说，反而跟我说："子瑜，你去将叔叔和阿姨请出来，有些事情，我想当面请教他们二老。"

我微微一怔，不过很快明白了张哥的意思，他是想验证一下高

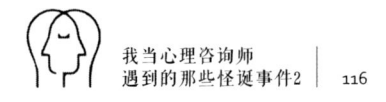

峰的话，我很快就将高峰父母二人请了出来。

张哥问高峰父母："叔叔阿姨，小峰有跟您二老说过他是从另外一个时空过来的事情吗？"

高峰他爸回答说："说过，听他念叨了好几次，说什么他来自另外一个世界什么的。我老头子听得一头雾水，二位专家，我这孩子是不是那次跳楼自杀将脑子摔坏了啊？"

"老头子，别瞎说，咱们孩子好好的呢！脑子哪里坏了？！"高峰他妈不同意地说，"只是被女鬼缠身，有时意识不清楚而已。"

高峰撇撇嘴，一副无奈的表情。

张哥问高峰他妈说："阿姨，听小峰说，您以前可是坚定的无神论者，怎么突然迷信起来了呢？"

高峰他妈叹了一口气，说："小伙子，话不是这么说，这种事是宁可信其有，不可信其无。原先我是不信的，这不是我家孩子三番五次老想着跳楼，送去医院看了，也没查出什么毛病。邻居说会不会是被脏东西缠住了，所以我就请高人过来一看，没想到还真是……你说我能不信吗？"

张哥微微一笑说："阿姨，我很肯定地告诉您，这个世界上是没有鬼的，小峰这事也绝对不是鬼上身或者被鬼迷住了。具体什么情况，我先确认几件事情，等确认完了再告诉您！首先我想问您，小峰是不是有个叫嘉华的女朋友和一个叫江宁的好朋友？"

高峰他妈点点头，说："是的，嘉华曾跟小峰谈了两年多的恋爱，都到谈婚论嫁的地步了，结果被江宁横插一脚，于是就跟我儿子分手了。那个江宁从小跟我儿子一起长大，他们俩关系好到穿同一条裤子。在我们尚未搬迁前，住在村里的时候，那个江宁还时常来我们家。现在想想好像我儿子之所以变成这样，也是从嘉华和江宁两人好上之后开始的，他不停地喝酒，夜不归宿，然后有一天突然就胡言乱语说自己不属于这个世界，吵着要跳楼，可把我们吓坏了……"

"哦，小峰和嘉华什么时候分的手？"

"两个月前，那天小峰回来大哭了一场。我和他爸问他怎么回事，他半天没吭声。我打电话给嘉华，才得知他俩分手了，后来又问了江宁，才知道嘉华和江宁好了。难怪我儿子会那么伤心呢，这事搁在谁身上谁都伤心难受。然后第二天，小峰就开始喝酒，我们知道他心里难受，只好由着他了，结果他天天喝醉，班也不好好上了，我们怎么劝，他都不听，再过没多久他就被公司辞退了。"

张哥点点头，继续问："我听说小峰第一次跳楼是一个月前，阿姨你还记得他跳楼前几天的状况吗？"

"那时他已经被公司辞退，没上班了，天天喝酒，天天喝得烂醉如泥。有一天晚上他喝得实在太多了，回来后就一直吐，吐得满地都是。我安顿他睡下后，又费了好大劲儿才把卫生打扫干净，收拾好，已经是夜里一点多。随后我就睡下了，睡得正迷迷糊糊的时候，突然听到他大喊一声，我和他爸以为他出什么事了，就跑到他房间一看，结果他睁着眼睛看着我们问他现在在哪儿。真是酒喝多了啊，他爸骂了他一声，我们就回房了。第二天他就开始变得神神道道的了。"

"他如何神神道道？"

"就是老说他不属于这里啊，他跟嘉华都分手一个多月了，还去骚扰人家啊，打电话给江宁说嘉华不理他，是不是外面有人了？明明已经被公司辞退了，他还假装没有被开除的样子去上班，结果吃了瘪，回来后就喝酒，然后没过多久就闹着要跳楼！"

"好，谢谢阿姨，我大概清楚了。"张哥说着将脸转向高峰，接着说，"高老弟，阿姨说的可都属实？"

"我妈说的都是真的！"高峰点点头，不过他补充道，"但是我要说的是，我之所以给嘉华、江宁打电话，以及去上班，都是因为那时候我还以为我是在我的那个时空里，不过也通过这些，让我确定了我不属于这个时空。"

张哥说："高老弟，我听了阿姨说的那些事，我们做这样一个假设，你看行不行得通啊？你最爱的女朋友嘉华和你最好的朋友江宁背叛了你，你觉得很伤心，整日借酒消愁，酗酒上瘾，班也不好好上，最后被公司辞退了。在你第一次跳楼前几日，你大醉了一场，晚上做了一个梦，梦里的情节就是刚刚你说的时空穿越的事情，然后你醒来之后，就误将刚刚做梦的情节当成了现实，就有了后来一连串的事情，你觉得呢？"

张哥的话一说完，高峰的父母纷纷点头称是，觉得这个假设解释得通。我其实在听完高峰说的那个时空穿越的"经历"后，就已经知道他估计是得妄想症了。

第九章

对于张哥的假设，高峰不这么认为，他说："你说了半天，意思就是说我时空穿越这件事其实是个梦境呗，这不可能，什么是现实，什么是梦境，我分得清，这段经历绝对是真实发生的！"

"好，正好重提到时空穿越，高老弟，不知道你发现没有，这件事其实有很多破绽。"

"破绽？你指的是啥？"高峰微微皱了一下眉，反问道。

"你刚刚说过，你和另外一个你在同一空间是有感应的，比如他掐自己的大腿，你自己的大腿马上会有疼痛感；他打电话，你的电话也有通话记录；你用刀子刺他，你身上也有反应，对不对？"

"是啊。"

"那你在曙光花园跳楼穿越后回到北大时发现了他们，你为了阻止另外一个你和江宁，于是敲晕了另外一个你。如果按照你刚刚

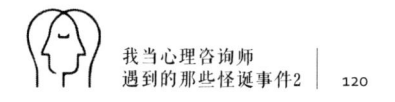

所说，你们俩是有感应的，你敲晕了他，你自己也应该会晕，你怎么可能还会跑了，然后又找了个高楼跳下去穿越时空了呢？"

"这个嘛……"高峰的眉头皱成了一个川字，他想了半晌之后，迟疑地说，"是有点说不通哦，还有呢？"

"还有一个最大的破绽，估计你也没想到，那就是你穿越到另外一个时空，那么那个时空里，不仅仅有穿越过来的你，还有本来那个时空就存在的另外一个你对吧？但是你看看现在，你现在所在的这个空间里，好像就只有一个你对不对，你都穿越过来两个月了，可曾遇到过另外一个你没有？"

"没有遇到过。"高峰的内心有些动摇了，他喃喃自语道，"难道真的是个梦……但是说不通啊，我怎么可能会把现实和梦境分不开呢？"

"说到点子上了，你就是因为没有把现实和梦境分开。你为什么会这样，我问你几个问题，你就知道了。你们公司老板叫什么名字？"

高峰想了想，说："好像是叫……叫……黄……什么……什么……我记得不大清楚了，反正是叫黄什么的！"

"你爸的生日是哪一天？"

"4月18日。"

"记得那么清楚，看来你很孝顺，肯定每年都没忘给你爸买生日礼物，那么我问你，哪一年你送的礼物最让他老人家开心？"

"嗯，好像是送了一套钓鱼竿。"高峰不大确认地将脸朝向父亲，问道，"爸，是不是？"

高峰他爸摇摇头，指着身上的这件毛衣，说："是这件毛衣，四年前，你送给我的。"

高峰他妈也跟着说："是啊，小峰，你咋不记得了呢？那时候你刚刚上班一个月，拿着第一个月的薪水给你爸买的这件毛衣。你看四年了，毛衣都有些褪色了，你爸还穿着。你爸没事就唠叨说，你后来买的生日礼物都很好，但是唯有这件毛衣他最喜欢，直夸你孝顺，知道疼他！"说着，高峰他妈的眼睛都有点红了。

"是嘛，我……我不大记得了……"高峰敲了敲自己的脑袋，奇怪地说，"我的记忆向来不错，莫不是真的摔坏了，咋这么不好使了呢？"

"不是摔坏了，而因为你酗酒，酒精中毒，你的记忆力严重退化，从而患上了虚构症中最严重的'睡梦性虚构症'，将梦境里的一些荒诞离奇的情节当成现实。你穿越时空真的就是你那晚大醉之后做的一个梦，你心里实在接受不了女友和好友的背叛，也接受不了父亲对你的失望，母亲对你的转变，你幻想着要是一切能够重来该有多好，正好这个梦能帮你实现，尽管内容有悖常理，但你还是相信了它！"

高峰经张哥这接二连三指出的问题，内心终于彻底动摇了，他的眼神从张哥开始，挨个扫过我、他爸、他妈，最后又回到了张哥的身上,他沮丧地说:"难道真的只是一个梦而已?"

"高老弟,我知道你现在还没有完全相信我。不过不要紧,'睡梦性虚构症'不难治,只要你最近一段时间滴酒不沾,多吃一些健脑、改善记忆力的食物,有些不确定的记忆,可以多问问你父母,我想用不了一两个月你就会恢复。"张哥对症下药地说。

"真的可以恢复吗?"高峰尚存有一丝怀疑。

"放心啦,一定可以的。你这种情况我曾经遇到过多次,一般都是过不了两个月记忆就自动找回来了。"

"嗯,我试试看,谢谢你啊。"

听了这话,就知道高峰已经完全相信张哥了。高峰父母也是喜极而泣,纷纷向张哥和我不断感谢着,就差下跪了。

见没啥事了,我和张哥起身告辞了,临走时,张哥不忘嘱咐道:"叔叔阿姨,你们多给小峰买些菠萝、橘子、鸡蛋和鱼类的东西,这些最补脑啦,他吃了效果肯定好,这样更容易找回记忆。"

两个月后的一个周末,高峰他父母带着高峰来到我们家,高兴地告诉我们高峰的病终于好了,记忆也找回来了。他们硬塞了一些钱给我们,我们没要,只是留下了他们送来的水果篮。

其间还发生了一个小插曲,听到高峰好了,我和张哥自然也替他们开心,正要恭喜他们几下,高峰突然"扑通"一声跪在地上,感激地跟我们说:"你们待我简直是恩同再造,实在不知道如何感激,给你们磕头致谢了。"

我们哪见过这等阵势，都有点蒙了，连忙想将他扶起来，结果被高峰他爸拦住，他说："你们就让他磕完三个头吧，这是我们那儿的规矩。不然的话，我们心里会过意不去的。"

"这……"

听他这么一说，我们扶也不是，不扶也不是，面面相觑，而这时高峰磕了起来，我们无奈，只好等他磕完后将他扶起，然后对视了一眼，"扑通"一声，我们还了高峰三个响头。

高峰他爸不解地看着我们，问："你们这是……"

我们爬起来后，张哥一笑说："这也是我们的规矩。叔叔啊，咱们都是邻居，真的用不着来这一套，我们跟高老弟年龄相仿，我们承受不起，再说，我们是心理医生，职责所在，不还的话，我们会心感不安的。"

东北人有时候真是耿直得可爱。

NO.04

大妈无法辨认出任何人的面目

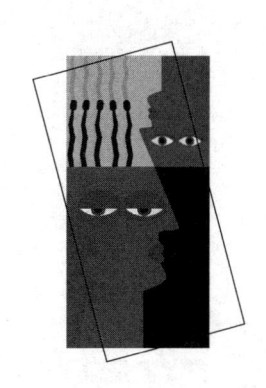

案例编号：120398428			
姓名	贾大妈	职业	家庭主妇
性别	女	婚姻	已婚
年龄	45	住址	北京房山区
症状情况	西山脚下发现了一具离奇尸体，尸检报告显示是猝死，但是有目击者却宣称看到命案现场有人斗殴，让人束手无策的是目击者患有脸盲症，无法辨认出任何人的面目			
治疗结果	失败			

第一章

生活中，一般人经过几次接触都能够轻松认出与自己交往的对象，但是对于患有脸盲症的人来说，不管是朋友还是家人，都很可能会形如陌路，相见不相识，贾如芳贾大妈就是这样的人。

贾大妈是个典型的脸盲症患者，她主要是对别人的脸失去辨认能力，只能靠其他细节去辨认，比如发型、声音、走路姿态、眼镜的颜色等。但是当这些外在特征改变时，她就不能辨别出对方是谁了。

她与我们本无任何交集，只是她无意中目击到一起离奇猝死案，但由于患有脸盲症，无法给警方提供更确切的目击情况。警方邀请我们参与破案，于是我们和她有了深入的接触。

关于这起离奇猝死案的情况是这样的：

有人在西山下的乱葬岗附近无意中发现了一具男尸，随即报了案。男尸的身份很快被确定，系西山下附近一村民，叫魏大明，是一名惯偷，多次入狱，但依然不思悔改。

魏大明身上并无外伤，尸检显示是猝死，死亡时间是前一天晚上十一点到十二点之间。但因他死状恐怖，面目狰狞，且现场疑似被人清理过，警方最后还是将魏大明案列为刑事案调查，并很快找到了五名嫌疑人。

然而逐一审问后，警方并未发现任何疑点，案件陷入了僵局。就在这时，突然有人找上门——她就是贾如芳贾大妈，她称魏大明死的那天晚上，她外出上厕所的时候，无意中看到了西山下的乱葬岗旁有两人在争执，后来就没动静了。后来听说乱葬岗附近发现了尸体，于是找到了警方说明情况。

她的讲述，地点和时间都对得上，可以确定她就是魏大明案的目击者。但是当警方问贾大妈能否认出当晚同魏大明争执的人时，贾大妈摇头如撞钟般说恐怕不行。

因为她患脸盲症已有多年，去了医院好几次都没有办法治愈，辨认不出别人的样子来。

警方觉得啧啧称奇，实验了几次验证了贾大妈的说法，但是警方还是抱着一丝希望再次将五名嫌疑人召唤到派出所，让贾大妈辨认。

遗憾的是贾大妈辨认不出来，这时，参与侦破此案的李达李警官——就是我们的李哥，得知脸盲症其实也是一种心理疾病，于是请我们过来看看。

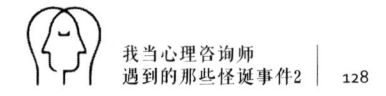

就这样，李达的一个电话，将我们请到了派出所。

张哥听完李达说完魏大明猝死案的前因后果后，说："脸盲症是一种神经疾病，主要是由枕叶或颞叶损伤引起的，症状分为两种：一种是看不清别人的脸，一种是对别人的脸形失去辨认能力。目前脸盲症仍属于医学难题，暂无可以治愈的方法。不过一般来说，患有脸盲症的人或多或少都有一套认人的小技巧，贾大妈既然患脸盲症多年，自然也不例外。嗯，贾大妈先不急着去见，我可以先看看你们警方最开始询问的那五名嫌疑人的情况吗？"

"当然可以啦，请你们过来的事，我已经向上级汇报过了，领导特批，本案一切资料你们都可以查阅翻看。我这就带你们去看当时我们询问那五名嫌疑人的视频。"说着，李达带着我们来到了摄像监控室里，一边找视频，一边继续说，"这五人说起来也蛮有意思的，那天晚上他们每个人都恶作剧了一把。有了，视频在这里。"他拉出五个视频，点开了其中一个。

画面里出现了一个斯斯文文，看上去有些忧郁的年轻人，他是这么说的：

那天晚上我确实到过那个乱葬岗，因为我听错了剧务的话，错把冯京当马凉了。不好意思，忘了自我介绍了，我叫丁成功，是一名群众演员，出道三年了依然还是跑龙套的，但这不是我的错，实在是因为演艺圈里太现实，像我们这种没钱又没关系的人是很难演主角的戏份的，但是我坚信"是金子终究会发光的"。

这不，机会终于来临了，我被著名导演周天伦看中，被他最近筹拍的一个恐怖电影的剧组录用。

虽然分到我身上的戏份只是扮演一个千年僵尸，台词也只有一句，但是好歹能在周大导演的电影里露个脸，对我以后的演员生涯会起到至关重要的作用。

然而老天貌似偏偏跟我过不去，向来身体很好的我，不知道为什么突然连日来浑身发冷，头昏脑胀。

去医院看了好几回，医生硬是没说出个所以然来，药倒是开了不少，可吃了却不见效果。数日来，整得我老命都快没了。

那天晚上是我们这部恐怖电影收尾之日，只要将最后的几个片段拍完电影就能杀青了。我扮演的僵尸将会在片尾出现五分钟的镜头，我不想错过，更不想有任何差错，所以为了拍好晚上的戏，我白天哪儿都没去，安心地在房间里休息，下午的时候吃了点药，睡了一觉。

结果坏就坏在了下午这一觉上，等我醒来的时候，已经是晚上十点多。我急急忙忙起了床，直奔剧组，可是大家已经不在了。我们规定是晚上九点半出发的，好在我听剧务说今晚的拍摄工作是在西山进行，当即拿起僵尸戏服，出门拦了个出租车直向西山驶去。

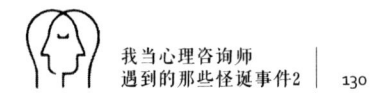

估计剧组的车在路上出了点事故，我到达西山的时候，他们人都还没来。听说前一天剧组就派人在拍摄现场稍微布置了一下，所以我基本上没费太多的力气就找到了拍摄地方。

导演还真是会挑地方，居然选在乱葬岗上，而且我假扮的僵尸所在的古墓更是布置得逼真极了。

古墓里面什么冥器都有，就连棺材里面的骷髅也没忘记放，仿造的水平也是一流的，整个古墓看起来活脱脱就是个真实的陵墓！

高，实在是高，名导演就是名导演，有钱也舍得花钱！

我蹲在古墓里等着剧组的到来，可是等了大半天也不见他们来。本来我身体就弱，夜深风大，我紧了紧衣服，又等了一会儿，还是不见他们来，本想打个电话问问，可是一摸身上，却发现忘记带手机出来，拍了一下自己的额头，大骂自己粗心。

这么等也不是个办法，外面这么冷，干脆躺在棺材里躲一躲，反正迟早都得躺进去，先进去感觉一下，等下正式拍摄的时候，能表现得更自然一点。

我穿上了僵尸戏服，爬进棺材里，把那仿造的骷髅扒在一边躺了一下。果然里面比外面暖和多了，迷迷糊糊中，我睡着了。

睡得正舒服，突然响起几下"咚咚咚"的声响，我一下惊醒了过来，妈的，是谁在敲棺材盖，正欲破口大骂，顿时想起剧本上的情节。

在周大导演这部恐怖电影里，我扮演的这个僵尸，是在听到外面有人敲棺材盖的时候，猛地从棺材里冒出来的，敲棺材盖的声音是三声。难道是剧组的人已经到了，戏已经开始拍了？

这时外面又响起了三声"咚咚咚"的声响，这三下比刚才那三下更急更响，看来是外面的主角见我老没动静有点不耐烦了，好吧，该轮到我上场了！我推开棺材盖，伸直了双手，直挺挺地坐了起来。

一坐起来就看见对面站着个人，正目瞪口呆地看着我，看他的样子不像是拍戏的那个高高帅帅的男主角。

但是我马上想到剧本里的这位主角后来整了容，看来他是化过妆了。我没再迟疑，照剧本里说的，朝他抓去，他吓得连连后退，摔倒在地。

他的演技还真是不错，真是太逼真了，我也不能丢脸，从棺材里跳了出来，将墙推倒，张牙舞爪地向男主角抓去，嘴里说着那仅有的一句台词："我要吃了你……"

"男主角"爬起来，惊声狂呼"有鬼啊"拼命地往后逃，我自然也紧跟上去，边追着边喊着要吃了他……

追了他几米，我发现事情有点不对劲，现场并不见摄像头，也不见其他人。我回去后忙打电话给剧组，却被骂了一顿。我这才知道，那天拍戏的地方是在锡山，而不是西山，原来我跑错地方了。

我不知道你们说的那具男尸是怎么回事，我说的都是真的。如果你们不信，我可以告诉你那个被我吓走的男人的长相，他大概

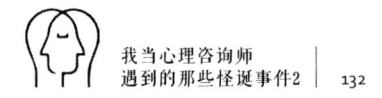

三十出头，留着个小平头，脖子上好像挂着一条金项链。

"我们根据丁成功的描述，画出了那个男人的画像，然后很快找到了他。他叫杨牧，家住回龙观××小区，我们将他请回派出所……"说着，李达点开了第二个视频。

画面里出现了一个三十多岁，剃着个小平头的小年轻，脖子上的金项链闪闪发光，他是这么说的：

你们问我那天晚上是不是遇到僵尸了？是的，没错，我真的见鬼了！那天我一个住在西山附近的朋友结婚，我专程跑过去祝贺。

朋友的婚礼办得很乡土化，酒席并没在酒店里办。他请了几个村民，杀猪宰鸡在自个家里办了十几桌，气氛搞得很热烈。我不胜酒力，跟他火拼了几杯之后醉倒在席上，等我醒来的时候，已经是十一点半了。

我头疼得要死，肚子也有点不舒服。我爬起来去找厕所，找了半天却没找着。我有点忍不住了，捡了张报纸，走了出去，抬眼一扫，看见不远处有个小山坡，坡下草木丛生，也没多想什么，冲了过去，蹲下，一番翻江倒海，肚子总算舒服了。

我拿报纸擦了屁股，站起来正要回去，突然传来一道阴冷无比的声音："闺女，你怎么又忘记带钥匙了！"

突如其来的声音吓了我一跳，这时另外一道尖叫声突然响起，我抬头看去，只见斜坡上一个姑娘像疯了一样往坡下跑，一边跑嘴里还叫着"有鬼"。

我浑身一颤，酒完全醒了，虽然还没搞清楚状况，但是见那女的吓成了这样，估计是看到什么不该看的东西，心里也开始害怕起来，掉头就要跑。

此时，身边塌方的山坡上响起"呵呵"的笑声，紧接着，我看见塌方的一角传来了亮光，我凑近一看，原来里面是个古墓，一个四十出头、打扮有点老土的中年人，一手拿着一个铁锹，一手拿着电筒，正在呵呵地笑。

我人不笨，看他这样顿时明白是怎么回事了，看来这位老兄是个盗墓贼，正在干活的时候，无意间被刚才的那个姑娘撞见，于是他扮鬼吓走了她。看着这位老兄干笑了几声，然后走到棺材这边，拿起铁锹想要撬棺材盖。

刚才给他那么一吓，害得我差点小便失禁，我见旁边的塌方塌出的一个缺口正对着棺材侧面，当即有了点子，将手从缺口里伸了进去。

正当那位老兄的铁锹要挥下来的时候，我压低着声音，阴阳怪气地说："妈的，赶紧撬，老子都在里面憋了八百年了，你他妈的，赶紧给我动手，好放我出来透口气！"一边说，一边敲着棺材。

这位盗墓贼当场吓得屁滚尿流，后退了几步，跌坐在地上，嘴里叫着："鬼啊鬼啊！"然后撒腿就跑了，连地上的手电筒都忘了

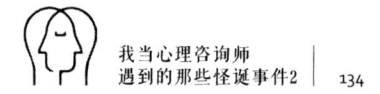

拿，只恨爹娘少生了两条腿。

见他那衰样，我不由得开心地笑了起来。可是我笑到一半顿时脸抽筋了，因为就在这时，棺材里有了动静，"砰"的一声，棺材盖给推开了，从里面伸出了一双骷髅手……难道诈尸了？我当下抄起盗墓贼丢下的铁锹防身。

果然如此，很快棺材里就站起来一个身着清代服装的僵尸，他的脸上都是烂肉，我仅有的勇气当场蒸发了，我丢下铁锹，跑了。

事情经过就是这样，关于你们说的那具男尸，莫非就是那具僵尸？

视频到了这里，李达点了暂停键，然后跟我们说："杨牧说的都是实情，我们在那座古墓仔细勘察过了，找到一把铁锹和一个手电筒。根据上面的指纹，我们很快找到了魏大明案中的第三名嫌疑人李树根……"说着，他点开了第三个视频。

第二章

画面里很快出现了一个老实忠厚、年龄大概四十岁的中年大叔，他是这么描述那天晚上发生的事情的：

那天晚上我是去过乱葬岗的古墓，本来是想去盗墓的，不想最后被吓得屁滚尿流。我是李家村的村民，本来我是在一家玩具加工厂打工的，可是最近厂子里的玩具销量直线下跌，工资厂里也停发了，只是每人每月发点生活费，眼看还有一两个月就要开学了，手头上一点钱都没有，孩子的学费上哪儿弄去？我心里那个急啊！

那天白天我出村晃悠，路过西山乱葬岗的时候，突然想到前些日子有人在那儿盗了个古墓，好像盗了不少好东西出来，那盗洞还在，要不晚上我也进去看看能不能捡点漏儿？

说干就干，我在岗上转悠了一圈，踩了个点，当天晚上就拿着工具去了。我打着手电筒，钻了进去，尚未看清楚古墓里的情况，这时突然听到外面传来一阵脚步声。

我探头一看，发现侧边的山路上走来了一个姑娘，另外还有个男人紧跟在她的后面。

我不知道这么晚了，他们还来这里干什么，我怕被他们发现，马上藏了起来，想等他们走远了再接着干。

很快那个姑娘就来到古墓前，由于她正对着我，我借着月光，看见她从挎包拿出一支口红来，重重地在唇上涂了一层，看起来像刚刚喝了血一样。我有点摸不着头脑，不晓得这姑娘深更半夜来这儿到底想要做什么。

这时那个跟在她后面的男人，快步走了过来。这个姑娘在古墓

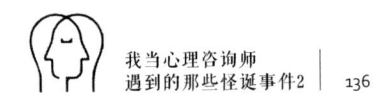

的坟头上拍了拍，然后柔声地说了一句顿时让我血液骤然冰冷的话："爸爸，我回来啦，你快开门吧！"

她对着古墓喊爸爸并说我回来了，难道她住在这古墓里？她是个鬼？我心底猛然冒出一股寒气，后背吓得出了一身冷汗，跟在她后面的那个男人估计听了她这话也是吓得不轻，当场掉头就跑了。

姑娘看着那男人落荒而逃，似乎十分开心，"扑哧"一声笑了。我见她笑靥如花，没半点鬼气，顿时明白了七八分，敢情这个姑娘是为了吓走跟在她后面的那个男人才这样说的。看来那个男人是想对她图谋不轨，她急中生智想出了这个办法。

搞了半天原来是虚惊一场，我的心顿时安定了下来。看着这个姑娘笑得如此开心，报复心骤起，我把封在洞口的茅草一扯，然后阴森森地说："闺女，你怎么又忘记带钥匙了！"

那姑娘一听，果然吓得花容失色，尖叫着："有鬼！"然后慌不择路地跑了。

看着她远走的身影，我呵呵笑了起来，然而就在这时，我身后的棺材里突然响起了"咚咚咚"的声音，好像有人在棺材里敲棺材盖，难道是僵尸复活了？我的心一下子提到嗓子眼上……我丢下了工具，连滚带爬地跑了。

我真的与那具男尸一点关系都没有，我也不知道为什么那里会出现尸体，我是事后看报纸才知道的。

我说的都是真的，不信你们可以找来那个被我吓唬的女士，她可以为我做证。

李达关了这个视频，然后说："根据李树根的描述，我们找到了那名女士，她就是我们第四名嫌疑人，她叫宋子佳……"说着，他点开第四个视频。

画面里出现了一个二十七八岁的漂亮女士，她穿着得体的衣服，化着一个淡妆，整个人看起来很有气质，她是这么描述那天晚上发生的事情的：

原来那个吓我的声音是人啊，我一直以为是鬼呢，最近几天惶惶不可终日呢，原来是人，那我就放心了，那天可真把我吓死了。

我是一家公司的会计，本来那天我应该到点就走的，但是公司领导也不知道咋啦，就在下班前五分钟的时候，突然拿了一堆货票要我统计，而且非得要我在当天弄出来，说次日一大早要发货。

我一个打工的小人物，没办法，只好硬着头皮接了下来，加班加点把数据统计了出来。等我把事儿干完的时候，一瞧手机，已经是晚上十点了。

外面夜色正浓，街上空无一人，只有街灯一个个中暑般站在那里，苍白得像白血病患者。我住在北郊那边，回那儿的公交车八点钟就没了，眼下看来只好打车回去了。

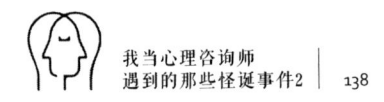

那晚也算有点怪了，平日里四处可见的出租车，像是集体罢工似的，我站在原地左盼右顾，等了十几分钟，硬是没等来一辆。我频频看时间，已经快十点半了，心里未免有点急了。

我朝前走了几步，突然前面拐弯处，射来两道灯光，像是有辆汽车开来。我下意识地挥了挥手，走近了才看清楚原来是辆白色的奥迪。

空欢喜了一场，我低着头，继续朝前走。这时那辆白色奥迪又倒开了回来，从车上探出个脑袋问我到哪里去，需要帮助不。

这么晚了，对方我压根就不认识，所以我婉转地拒绝了他的帮助。没想到对方似乎能看穿我的心思，一边自我介绍一边递给我一张名片。他说他叫周天伦，是新元素电影公司的。

这名字我一听有点耳熟，貌似在哪里听过，再仔细一看对方，戴着副眼镜，鼻梁高挺，嘴角有粒黑痣，这不是著名导演周天伦吗，一经确认果然是他。见对方是大导演，我心也就安了，没再犹豫，感激地上了他的车。

毫不否认，我也像所有女生一样都有一个电影梦，梦想有朝一日能当演员，想不到今儿天赐良机，居然让我碰到了这么一个有名的大导演。要是他看中我的话，那我岂不是可以圆梦了，所以一上车后，我就有意无意地跟他套近乎。

当他得知我非常希望有机会拍戏的时候，上下打量了我一下，然后说他手头上有一部爱情电影，正缺女主角，说我要是有兴趣的话，可以去他家研究一下。这等好事我求之不得，满口答应了他。

可是当我抬头看向他的时候，却发现他正色眯眯地看着我的胸部，我猛然一个激灵清醒了过来，想起前不久某个不入流的小演员揭露演艺圈中的"潜规则"。

我虽然迫切希望有朝一日能走上荧屏，但是我没蠢到以身体作为代价。当即表示已经太晚了，希望改日再谈。

周天伦很是失望，不过不死心，依然再三邀请，并许诺种种好处。我是越听越不耐烦，眼见离家不远了，于是跟他说已经到家了，借机下了车。本以为这样就能摆脱他，没想到他似乎洞察了我的心思，没等我走多远，他就远远地跟了上来，我不由大呼后悔。

我住的地方本来就人烟稀少，更何况时下已经是晚上十一点半。我心急如焚地加快了脚步，我一快，后面的周天伦也加快脚步地跟了上来。

眼看我跟他的距离越来越近，无意间我瞟见路边上的路标，上面写着"右转乱葬岗"五个大字，心里顿时一亮，有了主意，我故意放慢了脚步，不紧不慢地朝乱葬岗走去……

到了乱葬岗，我对着一个残破不堪的古墓故意喊道："爸爸，我回来啦，你快开门吧！"这一招果然奏效，周天伦当场就被我吓走了。

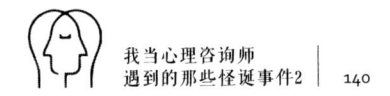

我开心地笑出了声，正要走，这时，突然古墓里传来一声毛骨悚然的声音："闺女，你怎么又忘记带钥匙了！"

闻言，我吓得魂飞魄散，撒腿跑了。后来想想，估计当时还有第三个人在，他见我吓唬周天伦，于是出声吓唬我。

你们说的那具男尸，我不知道，当时身在乱葬岗里，又听到那么恐怖的话，我哪敢多停留，一口气跑回了家。我知道我这么说，很难让你们相信，但是事实就是这样。

可惜我并不知道他到底是谁，他的声音带着浓浓的京腔味，声音沙哑，从声音来判断应该有四十多岁。如果能找到他就好了，他可以证明我所言非虚。

视频到了这里，李达就关闭了，他说："我们事后也调查了宋子佳，那天她确实加班到晚上十点，她们公司的监控视频可以证明。又根据她的描述，我们找到了著名导演周天伦……"说完，他点开了第一个视频。

很快画面里出现了一个戴着眼镜、嘴角有颗黑痣的中年大叔，他是这么说的：

是的，那天晚上我是送了一个叫宋子佳的女士回家，不过好心没好报，我大晚上送她回家，没想到她居然扮鬼吓我。

我叫周天伦，是个导演，虽然没拍出什么大片，但在圈里还是微微有点薄名。近年来恐怖电影当道，市场需求极大，我跟几个制片人谈了谈，拉了笔资金拍个鬼故事，连月来进展还不错。那天晚上是最后一场戏，拍完了电影就能杀青了。

晚上我早早地率领众演员和剧务赶到锡山拍摄。为了不落俗套，我将我这个电影在恐怖的基础上外加了悬疑元素，初看以为是个鬼故事，其实是个惊悚剧，压根就没有鬼怪，所有的一切都是别有用心的人精心设计而成的，当然谜底直到最后一秒方才揭开。

今晚这一场就是揭秘的情节，是电影的点睛之处，我不敢草率，亲自上阵指挥。

演员还算得力，拍了几个镜头感觉都还不错，最后一幕终于上场了——半轮西月，阴风阵阵，男主角应约来到目的地，到了才知道原来这里是一座墓园。满园的墓碑就像一群人的倒影，每一块墓碑都倒映一个人影，那些泛在墓碑上的青光，就像是这些人影的微笑，他们像是在冲着主角笑，他的心莫名一紧，战战兢兢地走到一座残破的坟头前，按照事先的约定，伸手在已经露出地面三分之一的棺木上……

按剧本，男主角只要在棺木上敲三声后，这具足有千年的棺木里就会蹦出个僵尸来。"咚咚咚"，男主角手底下响起了三声清脆而又空洞的声响，这时按道理来说应该……结果什么也没出来。男主角不由得一怔，又下意识地敲了三声，结果还是一点动静都没有，他不由得朝我这边看来。

我心里也是纳闷，跟那个男主角使个眼色，让他再敲敲。男主角又敲了三下，棺材里依然还是没有动静，这时不仅男主角有点不知所措，旁边渲染气氛的剧务也有点无从下手了。我有点发毛，冲着副导演嚷嚷，要他去看看到底怎么回事。

原因很快出来了，原来是假扮僵尸的那个群众演员今儿没来，而负责安排群众演员的剧务，则在上半场休息的时候去找这位临时演员了，至今没回来。

我大怒，狠狠骂了副导演一顿，要他赶紧安排人员上阵，不想剧组唯一一套僵尸戏服搁在那个演僵尸的临时演员那里，他人没来，戏服自然也就没有。

本来我这几天心情就不大好，给这破事一弄，浑身更是不自在，挥手叫他们收工，明天再搞，然后驾上了我的奥迪自己先行走了。

我在回龙观见一女孩在路上打车，连打了好几辆车都没人载她，于是好心停下载她回家，结果她在西山下了车。她说她就在西山附近住，走捷径沿着山脚下的一条小路步行几分钟就到家了。

那时已经十一点半了，我担心她一个女孩子走路不安全，于是送她回家。但是没走多远，她走到了一处乱葬岗，更让我头皮发麻的是，她竟然对着一个古墓轻声说着："爸爸，我回来啦，你快开门吧！"

当天晚上正是农历十五，月亮很大很圆，我看着她长发飘飘，嘴唇红得似乎要滴出血似的，阴笑着脸，整个人看起来像是索命的女鬼似的，饶是我多年拍摄恐怖片，见此情况也不免有些胆战心惊，掉头就回到车里，然后走了。

你们警方说，在那儿发现了男尸，这个我不知道。车开出几公里后，我心想估计是那个女孩子故意吓唬我的，我承认，我见她长得漂亮，当时是对她存有一丝邪念，但是被她这么一吓，我就走了。

我不知道那里有男尸，也没看到有任何异动……我车上的行车记录仪可以为我做证。

第三章

"这五人那晚的经历未免太凑巧了吧。"看完这五个人的视频资料，我不由得咋舌说道，"感觉好像事先安排好了似的。"

李达说："是蛮凑巧的，不过我们核查过了，基本上与他们自己所说的没有出入。这五人之间除了周天伦和丁成功有过数面之缘之外，其他人相互不认识，应该不是早就商量好的，所以那天晚上发生的事情果然应了那句老话'无巧不成书'。"

我摸着下巴，说："李哥，你们这次又将这五名嫌疑人传唤过来让目击者来认，意思是说你们警方认定死者魏大明与他们有关喽？"

"认定不敢说，只能说是怀疑。"李达进一步说，"魏大明那天晚上之所以会在西山，从现场散落留有他指纹的草莓，又结合到西山草莓种植园被偷来看，当晚他应该是去偷草莓的，然后下到山脚时，突然猝死的。但是由于现场有清理过的痕迹，我们不得不怀疑他有可能是他杀。魏大明的尸检判定死亡时间是晚上十一点到十二点之间。我们通过查阅那片区域路口的监控器，发现这个时间段里，就只有他们五个人进入过西山。如果魏大明真是他杀，那么凶手很可能就在他们五人当中。如果真是猝死，那么就得有个合理的解释——为什么现场会被清理过？"

"死者跟这五人有什么关系吗？"

"完全没有，我们深入调查过他们几个人的背景和人脉关系，魏大明跟他们五人没有任何关系或者纠纷，这六人压根就素不相识。"

"从他们五人交代的事情来说，他们在西山里的经历是可以相互印证的，除非五个人都是凶手，不然的话，他们的印证无法如此完美。可正如你刚才所说，他们五人除了周天伦和丁成功算是认识之外，其他人都不认识，跟死者更是素不相识。五个不相识的人会为了什么联手杀一个人呢？这动机太难解释了。"

一直没吭声的张哥，这时突然来了一句："或许根本就无须动机，如果是他们五人无意中吓死了魏大明呢！事情也是说得通的。"

"这怎么可能？！"闻言，我下意识地说道，不过随后一想，感觉似乎说得通，我会意地说，"张哥你的意思是说，他们五人恶作剧的时候，魏大明正好偷草莓下山撞见，怀疑自己见了鬼，突然猝死了。而他们五人抢救未果，怕担责任，于是处理了现场，串好了供？"

李达说："起初我们警方也是这么认为的，魏大明的尸检结论显示是猝死，且脸上表情骇人，像是临死之前看到什么恐怖的东西似的。又结合到那五名嫌疑人的口述，魏大明被吓死的可能性还是很高的。但是我们警察办案讲究的是证据，从现有的证据来看，尚无法完全判定死因就是受这五名嫌疑人惊吓所致。所以我们最近加大力度征集线索，好不容易找到了目击者，结果不想贾大妈有脸盲症。更让我们没想到的是贾大妈说她当时看到疑似有两个人在西山下打架，其中一人将另外一人打倒之后就跑了，她站着看了半天也没看到另外那个人再站起来。按她的说法来讲，魏大明很可能与人发生了争执，后被杀害，伪装成了猝死。如果是这样的话，事情就更加复杂，不但完全推翻了五名嫌疑人吓死魏大明的猜测，而且还有可能凶手并非在这五人当中……"说到最后，看得出他有些发愁。

"啊，还有这等事。对了，李哥，你肯定拿着魏大明的照片给目击者看过，她认出他就是那晚倒地的那个人了吗？"我追问道，如果能确认倒地的人是魏大明，那么案子很可能就是凶手单独作案，虽然不知凶手在不在这五人当中，但是至少可以提供侦破的方向。

"给目击者看过了，但是她辨认不出来。"

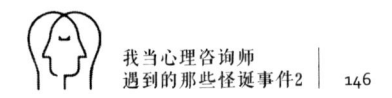

"哦,也对,她有脸盲症,活人她尚且难以辨认,死人就更加难了。这事确实有些棘手。"我转头看着张哥,问,"张哥,你咋看呢?"

"现在还不好下结论。"张哥指着电脑里的第六个视频,问李达:"老李,这第六个视频里面是啥?"

"哦,这是目击者前来报案的资料,我点开给你们看看。"李达说着就要点开视频。

张哥摆手说:"不用了,看那五名嫌疑人的询问资料,我主要是想观察他们的言行举止,以便辅助目击者辨认出她那晚所见到的人,至于目击者当晚所见情形,我想当面听她说说。"

"这样啊,那我这里还有一份关于这五人情况更详细的资料,你要不要拿去看看?"

"那真是再好不过了。"

李达从身后的档案柜里抽出一个档案袋递给张哥,说:"他们五人的身份、背景、照片和案发当天各自的笔录都在这里。"

张哥接过档案袋,抽出里面的资料看了几眼,又塞了进去,然后将档案袋交给我,接着说:"老李,那名目击者现在在哪儿?带我们一起去见见她吧。"

李达应了一声,随后带着我们来到一个小办公室,见到了魏大明猝死案的目击者贾如芳——一个五十多岁的中年大妈。

李达简单介绍了一下我们之后,跟贾大妈说:"阿姨,这二位是我们警方特别邀请过来协助侦查魏大明一案的专家,之前我已经简单把您的事跟他们说了,但是生怕有些遗漏,所以还想麻烦您将那晚看到的情况再跟他们说一遍,谢谢啊。"

"李警官别客气,这是我应该做的,我刚刚还在恨自己为什么患上了脸盲症这种该死的病,明明看到了一切,却什么忙也帮不上。现在你们请来专家帮我,我求之不得呢,我一定好好配合。"说完,贾大妈看着我和张哥问,"二位专家,你们需要我从哪儿说起?"

张哥微微一笑说:"阿姨,如果可以的话,您还是从头开始说起吧。"

"嗯,好的,那我就从头说起。事情是这样的,那几天我身体有点不舒服,那天晚上八点多钟就睡下了,一觉醒来已是十一点多钟,我有点内急,于是起来前去公共厕所上厕所。我们是在村里嘛,屋子里没有厕所。"贾大妈顿了一下,接着说,"那天晚上是农历十五,外面的月亮很大很圆,出门时我拿了手电筒,但是没有用上,借着月光我来到村西的公共厕所里。解决内急之后,刚刚站起来,无意中突然看到西山脚下有两个人影在那动来动去,像是在打架,二人扭打了一阵子,其中一个人突然倒地不动了,另外一个快速离开了。我觉得很奇怪,于是站在原地看,结果看了很久都不见倒下的那个人再站起来。我看了一下手机,已经快十二点钟了,见那儿还是一点动静也

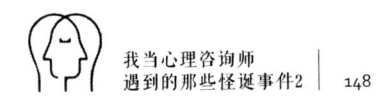

没有，我想大概是我低头看时间的时候，那人走了吧，也就没再多想，然后我就回家了。今天我看新闻说前几天西山下发现男尸，突然想到了那天晚上看到的情形，时间和地点都对得上，于是赶紧来派出所报案了。"

张哥问："那两个人影你能辨认出是男是女吗？"

"虽说那晚月光很亮，但由于距离很远，我只看到两个模糊的人影，辨认不出男女来。"贾大妈回答道。

"他们扭打在一起的时候，你可曾听到他们说什么话没有？"

贾大妈摇头说："好像是说了，但是由于距离太远，我没有听清。"

"阿姨，冒昧地问一下，您平日是如何辨认出谁是谁的？"

"我主要是通过听声音、看外形、对方的言行举止和衣着打扮来判断，拿李警官、你和你身旁的这位专家来说吧，李警官身材高大，说话声音洪亮，他最好认，所以坐在最左边的这位就是李警官了，是吧？"

李达点头称"是"。

贾大妈接着说："剩下的二位，身高和体形都差不多，从外形我是分辨不出你们俩的。而坐在最右边的这位专家又一直没说话，我又无法从声音上来分辨你们。不过好在你们俩穿的衣服不一样，中间的这位专家穿着一件白色的衬衫，最右边的这位专家穿着一件黑色的T恤，所以我一直都是通过你们俩身上衣服颜色的不同来记住你们。中间的这位是张专家，最右边的那位是欧阳专家，对吧？"

"对，您说对了。我是张勋，他是欧阳子瑜，您叫我们小张和子瑜就成。"张哥随即又问道，"今天李警官应该带您去辨认过嫌疑人了，您觉得那些嫌疑人当中跟你那晚见到的人影有相似的吗？"

"这个问题李警官也问过我，当时在列队认人室里陆续认了五个人，李警官甚至要他们在里面走来走去，开口说话，希望我能通过他们的言行举止辨认出那晚我看到的人影，但是很抱歉，我真的没能辨认出来。"

张哥对着我手上的档案袋做了一个"递给他"的动作，我将档案袋给他，他顺手打开后，抽出里面的文件摆在桌子上，翻了翻，说："阿姨，您能具体给我们描述一下那晚您看到的那两个人影的具体样子吗？"

"这个，我说不好，就看到两团黑影你来我往，像是在打架。"

"我这么问您吧，您看到的那两个黑影个子高吗？"

"嗯，两个都不高，中等身材，跟你的身材差不多。"

"跟我的身材差不多，那就是一米七左右。"张哥一边喃喃自语，一边在旁边做笔记，他继续问，"阿姨，刚刚您说分辨不出来那两个人影是男是女，一般来说男人的外形看上去会显得壮实一些，女的外形会显得瘦一些，为什么您会觉得分辨不出他们的性别呢？"

"因为距离实在是有些远，而且人影看上去都很匀称，所以是

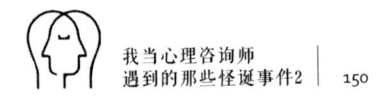

男是女,我老人家还真是说不好。"

"嗯,那就是说那两人的身材比较匀称。"张哥又记了一笔,他继续引导说,"阿姨,您看到那两个人影身上有什么特别的东西没有?比如说,他们身上有什么发光的东西或者头上戴有帽子之类的东西。"

贾大妈想了想:"这个好像没有。"

"好的,那您看到的那两个人影行动上可有什么奇怪的地方?比如说,手脚不大灵活,走路的时候一瘸一拐的,或者二人扭打的时候动作有些怪异等。"

"好像也没有。"

"嗯,那您还记得那两个人影是如何扭打在一起的吧?"

"这个我还记得一点。"

张哥往我这边凑了凑,说:"阿姨,您刚才说那两个人影跟我们的身材差不多,这样吧,您告诉我们当时那两个人影是如何扭打的,我们照着做,您看成不?"

"可以,没问题。"

第四章

于是我和张哥离开了座位,找了办公室里一处宽敞的角落,面对面站着，做好准备开打的姿势，结果贾大妈纠正说："当时那两个人影不是这么面对面站着，而是低着头，弯着腰，你拽着我的衣服，我拽着你的衣服，原地转圈，就这么厮打着……"

听上去好像没什么，不过就是低头、弯腰、拽衣服，原地转圈嘛，但是一照做，我不由得差点笑出声来，这姿势太像老鹰捉小鸡游戏里，母鸡为了保护小鸡而在跟老鹰躲来躲去。

张哥瞪了我一眼，暗示我严肃点，张哥问贾大妈说："阿姨，这样吧，您看到他们一共转了几圈？"

"嗯，具体转了几圈，我没有数，三四圈吧。"

我们原地转了四圈后，张哥问："阿姨，之后他们又做了什么动作呢？"

贾大妈回答说："之后，其中一个人不知道从哪来拿来一根竹子类的东西往另外那个人身上一捅，那人当场倒地。然后我就看到捅人的人走了，而倒地的那个人我却一直没有看到他爬起来。"

贾大妈说到这里，李达补充了一句："现场我们彻底勘查了，并没有找到类似的东西，而且死者魏大明身上也没有任何被捅伤的痕迹，这也是我们警方百思不得其解的地方。"

我和张哥拿着一把扫把当是捅人的凶器演练了起来，在贾大妈的"指导"下，演练了多次后，才终于达到了她想要的那个感觉。

为了完整重现贾大妈当晚所见的场景，我们又从头演练了一遍，低头，弯腰，拽衣服，原地转圈，张哥捅我，我倒地装死……

一套走下来，情形确实有点像二人厮打成一团，其中一人杀死了另外一人。但是正如李达所说，魏大明身上并无被捅伤的痕迹，也没有在现场找到可疑物件，那倒地不起的人会是谁呢？

完了后，我们回到座位上，张哥又在纸上记了一笔，然后又翻开那五人的档案看了一下，接着跟李达说："老李，我想你们警方之前也曾根据阿姨的讲述勾勒过那两个人影的情况吧。"

"是的，我们也做了个初步的勾勒，由于现场处理得很干净，我们几乎没有找到任何有用的线索。所以只能通过贾女士的口述来推测那两人的情况，但因线索太少，只能大概推测出应该是两个身材均匀，不胖也不瘦，身高都在一米七左右的人。其中捅人的那个是一名男性，不过我们对比了那五名嫌疑人，杨牧的身高是一米七左右，但是他有些胖，一眼能看出来；周天伦和丁成功身材倒是符合，但是他们身高都不够；李树根又瘦又矮，就更不像了；至于宋子佳，她的身高也是对不上，更何况她还是个女的。"

"那两个人影的情况，我刚开始的推测跟你们警方是一样的，不过随后我推翻了这个猜测。正如你刚才所说，你们并没有在现场找到任何有用的线索，所有的一切是以阿姨的讲述为基础。但是她有脸盲症，且所在地与现场距离较远，另外也没看到什么特殊的举动或者记号，所以她的讲述会存在一些主观臆想，只能是在一堆证据下作为一种佐证作用，而不能当作直接证据。"

"你的意思是说，贾女士说的身材匀称、身高一米七的那两个人影有可能与真实情况不符？"

"是的，尤其是当我跟子瑜按照阿姨介绍的情况重现那两个人影举动的时候，我更加确定阿姨所见的情形估计不是我们想象的那样。"张哥顿了一下，继续说，"我觉得那两个人影并非是在扭打，而更像是在处理现场，你处理这边，我处理那边，四周都处理了一遍，人影交叉着，看起来自然就像是在厮打一样，相互递送清理工具也就成了斗殴的工具。"

李达低头想了一下，说："经你这么一说，回想起你刚才和子瑜演示的情况，如果是厮打的话，确实有些觉得奇怪。联想到现场和我们之前对此案的推测，那两个人是在清理现场更符合情理。那五人无意中吓死了第六人，起初估计是想救他命，但见他死了后，吓坏了，为了不担责任，清理了现场，统一了口径，然后散了。就算事实真是如此，我们警方破案是以证据说话的，光凭猜测是行不通的，问题绕了半天又绕回来了。"

"我倒有个办法可以让贾阿姨很顺利地辨认出当晚的那两个人。"

李达闻言，迫不及待地问："是吗？什么办法？"

张哥神秘地在李达的耳边说了几句，李达听了差点拍大腿跳起来，兴奋地直叫："这个办法好，绝对可以引蛇出洞。"随后他从桌子上拿起座机打了个内部电话，请同事将那五名嫌疑人带到派出所外面。

第五章

他们这一惊一乍的,都把我跟贾大妈看蒙了。贾大妈一听说有办法能让她辨认出人来,忙问道:"李警官,是要我再次去认人吗?"

李达回答道:"是的,贾女士,不好意思,估计还得麻烦您再认一次。"

"麻烦说不上,我就是怕认不出来。"贾大妈担忧地说道。

"张专家想了个好办法。这次您一定可以的。来来,请你跟我到窗口来一下。"说着他带头领着我们来到窗口。

窗外,两个警察带着那五名嫌疑人正在往派出所外面走去,到了差不多一公里的地方他们停下了。李达跟贾大妈说:"贾女士,我记得您说那晚您所在厕所位置到与那两个人影的距离好像有一公里左右,是这样吗?"

贾大妈点头说:"是的。"

李达指着派出所外面的那几个人说:"现在距离咱们这边大概一公里的地方有七个人,您看到了吗?"

"我看到了。"

"很好,等下我让我同事过来陪着你,一起看着那群人,如果有什么发现,你告诉他。"

"哦,好的。"

李达叫了一个警察进来，陪着贾大妈，带着我和张哥一起跟那群在外面的人会合。路上，我扯了扯张哥的衣角，偷偷问："咱们这是过去干啥啊？"

张哥一笑，神秘地说："你猜。"

"猜得着，我还用问你吗？别卖关子了，说来听听。"

张哥斜视了我一眼，皮笑肉不笑地说："等下你就知道啦！"说完，他故意追上走在前面的李达，跟老李攀谈了起来，不给我任何提问的机会。这家伙就是这样，一天不气我，就浑身不舒服！

很快我们就与那七人会合了，那五名嫌疑人见了李达，围了上来问到底还要他们待到什么时候。这个说，他要回去上班，那个说马上要出差，还有的说要回去带孙子。

李达摆摆手，让他们安静下来，接着说："我很理解你们的心情，也非常感谢你们的配合，还得再麻烦你们一次，这次完了之后，如果没什么疑点的话，你们就都可以回家了。这二位呢，是我们请来的专家，等会儿呢，他们会示范一套运动，看上去会有些搞笑，但是我希望两两一组能依葫芦画瓢模仿一下。"

听李达这么说，我知道了张哥说的办法是什么了，他是想要他们这群人学刚才我跟他在贾大妈面前重现她当时所看到的情形，便于让身在派出所的贾大妈辨认。

五人不知道李达的葫芦里卖的什么药，跟着我和张哥两两一组学做了起来。为了显得有序，李达要他们每个人与不同的人学做四次，最开始学做的是周天伦，他先和宋子佳学完后，接着跟杨牧，然后是李树根，最后是丁成功，如此轮着来。

这种安排是井然有序，但是可害苦了我和张哥，我们是每次都示范一次让他们学。几轮下来，腰酸背疼得不行，好不容易熬过一大半，当宋子佳与李树根这对组合学做之后，李达的手机突然响了，他一看号码，走到一边接了起来。

见此情形，我和张哥对视了一下，知道贾大妈那边有结果了，我顿觉一阵轻松，终于不用再练了。果然李达接完电话，回来的第一句就是："好了，大家停一停，不用继续再模仿练习了，诸位随我回去吧。"

一回到派出所，李达就将宋子佳和李树根留下，而周天伦等人则要那两名警察带走了。另外三人见李达将宋、李二人留下，似乎已经意识到什么，相互对视了几眼，脸上的表情复杂得很。

他们出去后，李达跟我们说："今天辛苦你们啦，你们先上二楼休息会儿吧，我等会儿去找你们。"

我们知道他是想立马审问宋、李二人，我和张哥点头称好，上了二楼，回到了原先待过的办公室。

一进门，贾大妈就迎了上来，兴奋地跟我们说："我认出他们啦，就是他们俩，在列队辨认室里，我确实没有认出他们来。但是刚才距离这么远，再加上他们学做的举动，我一眼就认出他们来了。我可以百分之百确认，那晚的那两个人影就是他们俩。"

张哥笑着回应说："是吧，我就说您一定能辨认出来的！辛苦啦！"

我也向贾大妈竖了个大拇指，表示赞赏，随后跟张哥说："厉害了我的哥，这一招你咋想出来的？"

"呵呵，我原打算按照贾阿姨的讲述勾出那两个人影的真实情况，但是当我听到老李说他们警方勾勒出那两个人影的情况跟那五人对不上号时，我突然想到贾阿姨有脸盲症，并且是在较远的地方看到那两个人影，另外当时是黑夜里，尽管月光很亮，但是视线还是会打个对折。这种情况下，她的所见肯定不会太准确，然后我们根据这些不确定的信息再次消化，得出来的结果自然更不准确了。所以我灵机一动，如果将那五个嫌疑人置于一公里之外，重建当时贾阿姨所见的情形，是不是就能辅助她快速辨认出那两人来了呢？因此赶紧要老李试一试。"

听他这么一说，我恍然大悟："原来如此。"心中不由得更加佩服他了。

贾大妈没有辨认错人，很快宋、李二人就交代了，一切正如我们一开始推测的那样。那天晚上他们五人相互恶作剧，无意中吓死了偷草莓下山的魏大明。当时他们都吓坏了，最后周伦天要他们镇定下来，他说一旦报警，他们五人都脱不了干系，赔钱事小，弄不好还要吃官司，不如当作从来没有发生过，清理了现场，各自散了。

周天伦的提议得到了大家的支持，于是他们快速清理了现场，由于周天伦是拍悬疑惊悚片出身的，他懂得一些反侦查手段，所以现场被他们清理得很干净。

而宋子佳和李树根在做最后的工作时，恰好被出来上厕所的贾如芳贾大妈看到。因为距离较远，加上她又有脸盲症，错将清理工作当作厮打，报了案。

直到张哥重建现场，让贾大妈辨认出了当晚的人影，以此为突破口，终于理清了事实。

几个月后，魏大明猝死一案宣判，周天伦等人并非有意吓死魏大明，属于意外事故，不做刑事判决，以民事赔偿结案。

而贾大妈呢，事后我们曾经邀请她来我们中心做客，询问了她是如何得的脸盲症。

贾大妈说，五年前的冬天，她外出买菜回家的时候因地上积雪路滑，不慎摔伤了脑袋，昏死了过去，幸亏邻居发现得早，将她送到了医院，人是救回来了，但是却落下了病根——她发现自己辨认不出任何的面目，甚至对着镜子看自己，也认不出来。

一开始贾大妈还以为自己的眼睛出问题了，跑了几家专治眼科的医院，但未果，后来才查出是患上了脸盲症。辨认不出自己的面孔，倒也无所谓，辨认不出别人的面孔，这事儿就大了，贾大妈当时对自己的处境很抓狂，她经常将别人误认为自己的丈夫和孩子，为此闹出了不少笑话，被村民称为"睁眼瞎"。

好在经过长期的观察，慢慢地她琢磨出了一套认人的办法，通过对方的声音、发型、衣着打扮、行为举止等特征来辨认，虽说也有误认的时候，但基本上无大碍。

从贾大妈的叙述中，可以推测她那一摔应该是伤到了顶叶或颞叶。

人的大脑半球中，共分为五个叶：额叶、顶叶、枕叶、颞叶和岛叶。其中，颞叶负责存储记忆，相当于大脑中的"数据库"；枕叶负责识别物体的形状、质地等；额叶几乎涉及所有的心理功能，包括记忆、语言、智力、人格，等等。

在进行人脸识别时，眼睛接收到的刺激往往会传到枕叶。接着，这些信息就会被送到颞叶中的梭状回面部识别区，并在"数据库"颞叶中进行索引识别，如果看到的信息和人脑"数据库"中的信息相吻合，人就能做出反应："哦，这个人是某某。"

如果额叶损伤，就会出现运动性失语等症状，即"说不出"；如果颞叶损伤，就出现感觉性失语，即"听不懂"。如果顶叶或颞叶损害，就会出现人面部识别的障碍，也就是人们经常说的脸盲症。

前面已经说过，脸盲症属于医学难题，目前还没有任何治愈方法，不过有意思的是，这种病症对于识别面孔之外的其他物体并不存在困难，所以像贾大妈这样的也基本上算跟常人无异了。

NO. 05

自己跟自己结婚的男人

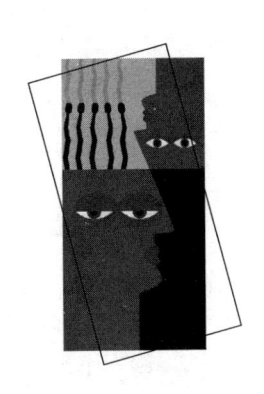

案例编号：120414239			
姓名	李爽	职业	互联网技术人员
性别	男	婚姻	未婚
年龄	30	住址	北京顺义区
症状情况	男子将假想朋友当成真实人物，为寻找自己的梦中情人，努力学习黑客知识，全网络寻找，并且导演了"自己与自己结婚"的荒诞剧		
治疗结果	成功		

第一章

现在大多数人是独生子女,孩子的玩伴越来越少,三岁左右的宝宝,大多会假想出一个或者几个小伙伴在他身边,陪他玩耍、讲话。

孩子的假想朋友也许是一只玩具熊、一条小金鱼、一个小枕头,甚至是他头脑中的一个小精灵、一只小魔兽,这些或具体或抽象的玩伴在他们的身边扮演着重要的角色。

每当生活中出现强烈的情感体验时,例如孩子感到委屈、害怕、压力大、不安或孤独时,他们就会开始寻找和创造这些假想伙伴。

而这些伙伴会慢慢成为孩子们的情感依赖,他们会和"小伙伴"小声说话,谈心情,喂他们吃饭,给他们盖被子……

当然,这种假想朋友不会一直存在,随着年龄的增长,孩子会慢慢分清幻想与现实,这些朋友也会自然消失。

但在极端情况下,一些假想朋友不会消失,他们会跟着孩子一起慢慢长大,让成年后的孩子误以为他们是真实的,比如李爽的梦中情人,甚至还搞出了"自己跟自己结婚"的闹剧。

　　李爽,北京顺义人,从事互联网工作,说起他的事要从他的那场别开生面的"婚礼"说起,那是一场完全遵照古礼进行的婚礼,而我则作为他婚礼的司仪。

　　我记得很清楚,那是一个星期天的上午,当我驱车赶到的时候,婚礼现场早已布置好了,到处都是张灯结彩的,一片喜气洋洋,十几张桌子旁坐满了宾客。

　　在我这个司仪就位后,很快新郎和他穿着红色旗袍的真人大小的泡沫照片在打着红伞的伴娘、伴郎搀扶下上场了。

　　"一拜天地,二拜高堂,夫妻对拜!"随着我的高喊,新郎和他穿着红色旗袍的真人大小的泡沫照片在伴娘的帮助下完成了礼节。

　　这么荒诞搞笑的婚礼自然吸引了不少围观者,大家纷纷拿起手机拍了起来,闪光灯打得我都有些脸皮发红了。

　　酒宴时,身戴大红绸花的新郎抱着他的女装照片轮流给各桌客人敬酒,负责迎宾的小姐给客人和村里的小孩发喜饼、喜糖和花生。除了"新娘"是一张照片之外,这场婚礼算得上隆重。

　　在办这场婚礼前,新郎李爽在父母的要挟下,曾经来到我们心理咨询中心,寻找解决办法。

　　当时听到李爽说自己要跟自己结婚,我也觉得有些匪夷所思。

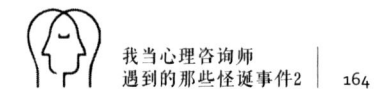

他长得很帅，个子也很高，天生带着一股忧郁气质，看着蛮感性的一个男人。按理说，追他的女孩子应该有一大群，怎么会萌生这么奇怪的想法？

我问他："冒昧地问一下，你为什么要自己跟自己结婚？"

李爽淡然地回答道："没有为什么。"

"那你没有女朋友吗？"

"没有。"

"那么以前谈过吗？"

"也没有。"

他母亲在一旁担忧地说："欧阳心理师，你说我儿子是不是性取向有问题？"

李爽一听，有些生气地说："妈，我跟你说过多少遍了，我不是同性恋，我的性取向非常正常，你别瞎想好不好？"

"那你为什么想自己跟自己结婚？你不觉得你这个想法非常荒诞吗？"

李爽撇嘴说："那还不是因为你老逼我结婚，我上哪儿找人结婚去，那只好自己跟自己结了呗！"

"你都三十岁了，早应该结了啊，跟你爸结婚的时候我才二十来岁呢，我三十岁的时候，你都七八岁了。"他妈一副恨铁不成钢的样子，继续说，"怎么会没有结婚对象呢？这些年来，亲戚朋友给你介绍的对象，少说有二三十个了，里面有几个还挺不错的，但是你死活不同意！"

"妈，我们这个年代，跟你们那个年代不一样，不要老是用以前的眼光来看现在的问题。还有啊，结婚是一辈子的事，不合适，当然就不勉强嘛，强扭的瓜不甜！"

"你……你简直是要气死我了！"他妈被他气得说不出话来了，扭头看着坐在身边的李爽他爸，愤怒地说，"他爸，这就是你教出的好孩子，小时候就跟你说，不要老惯着他，现在惯出毛病了吧。"

李爽他爸戴着一副眼镜，一副和和气气的样子，一看就知道是个知识分子。他拍了拍李爽他妈的后背，无奈地笑了笑，没有吭声。

"还笑，还笑！做父亲的没一点做父亲的架势，当初真是瞎了眼嫁给了你……"李爽他妈见李爽他爸不说话，更来气了，开始将怨气撒到李爽他爸身上了。

见状，我连忙说："阿姨，您别生气，先消消气。要不，您跟叔叔先到外面坐一会儿，我想单独跟您儿子谈谈。"

二人出去后，我跟李爽说："李先生，你真的是因为你妈逼急了你才想自己跟自己结婚的吗？"

"是啊，刚才你也看到了，我妈那人一般人哪受得了，我这么做也是被逼无奈才出此下策。"李爽摊手无奈地说道。

"但是你不觉得这样，不但无助于解决问题，反而更激发矛盾

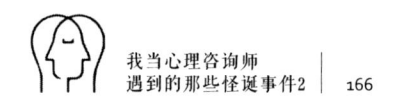

了吗？"

"我不管，她不是要我结婚吗，我结呗，我风风光光地结给她看。我想好了，我的婚礼一切遵照古礼进行，在我们小区那儿好好摆个十几桌，周围的邻居都请来，让他们都知道我结婚啦，以后别再给我介绍对象了！"

"你这样做，不怕他们把你当作神经病吗？"

"哈哈哈，我就想要他们将我当作神经病，这么一来，他们就不会再来烦我了。"

"你就那么讨厌她们给你介绍对象吗？我记得你刚才说过，你并不是性取向有问题。"

"她们介绍的我都不喜欢。"

"那你喜欢哪种类型的？"

"我喜欢她那类型的！"李爽脱口而出道。

我抓住了"她"这个字，追问道："她是谁？"

"她……"李爽闪烁其词地说，"我喜欢汤唯那类型的。"

李爽故意绕开了话题，看来他口中的"她"对他的影响很大，很可能让他萌生了自己跟自己结婚，就是因为"她"。

我先不急着点破，微微一笑地说："难道这些年来，你的那些亲戚朋友介绍的对象中，就没有一个像汤唯那种类型的吗？"

"有是有，但是我没相中。欧阳心理师，我跟你直说吧，我要自己跟自己结婚，纯属是想跟我妈怄气，没别的意思。"他低头看了看手表，然后接着说，"时候也不早了，我有事先走了，再见！"说着，他起身就要走。

见他要走，我欲擒故纵地说了一句："李先生，有句话，我不知道当讲不当讲。"

"什么话？"

"像你妈那样强势的人，你自己跟自己结婚这件事如果处理得不好的话，我想说搞不好她会将你送进精神病院哦。我在这里并非是想说阿姨的坏话，只是提前给你打个预防针。如果你能告诉我实情，或许我能帮助你，你应该看得出来阿姨对我还是比较信任的。"

李爽闻言，身子一震，像被定身法定住似的，脸上阴晴不定。他想了想，长叹一声说："欧阳心理师，你想知道什么？"

"你先坐。"我宽慰着他说，"李先生，你别怪我用这招来要挟你，实际上，我是真心想帮助你。刚才你不小心说出来的那个'她'到底是怎么回事？我想你想自己跟自己结婚，很大程度上是因为'她'吧。"

"我就知道那句话要坏事。好吧，那件事其实我早就想找个人好好说说了，只不过一直没有找到合适的契机，既然欧阳心理师都这么说了，那么我就跟你说说吧。如果你听了觉得过于玄乎，权当是听故事即可。"李爽回身重新坐好，苦笑了一下说，"'她'其实是一个梦中人，称之为梦中情人也不为过，跟平常人一样，

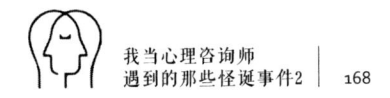

我并不会每天晚上都做梦，也并不是什么梦在第二天醒来的时候都能记住。然而，有些梦，我却永远无法忘记。尤其是我连续做了二十年的梦，就算我想忘，只怕也忘不了。更因为在这连续二十年的梦里，出现的都是同一个人，一个女人！一切要从我能记住的第一个梦说起……"

李爽说，他之所以能记住它，是因为在梦里，他仿佛经历了一场诡异、奇幻的旅程。

那时，他很清楚他坐在游泳池边上，两只脚掌一上一下来回拍着水，池水柔滑得像丝缎，清清凉凉的。

游泳池很大，几乎有半个足球场那么大，里面有很多人，大多是几岁到十几岁不等的学生，时不时还见到一两个老师，在池边浅水区教学生游泳。

救生员披着毛巾，跷起脚，漫不经心地坐在高台上俯视着游泳区，这应该是学校组织的一次夏季游泳活动。

池子里有男有女，大家穿着各式各样的泳衣。他发现他穿的是一件粉红色的连体泳衣，沿着他纤细的腿往上看，裆部被泳衣紧紧包成窄窄的三角形，被池水打湿后映出一道隐隐约约很性感的缝。

腰与胸部也同样被湿湿的泳衣紧紧地裹住，他感到胸口有些压抑，胸部似乎要摆脱泳衣使劲往外突出，低头看时，两胸间竟已逼出一条沟槽。

他原来是一个女孩！

不，应该说，在梦中，他竟然是一个十四五岁、正在发育成型的女孩！

这种感觉实在是前所未有的，实在太奇妙了！

他感到有目光来自四面八方，它们似乎都聚焦在他的裆部三角地带和胸部的位置。他的脸开始有些发烫，真后悔没有多穿一条内衣内裤，毕竟以前也没有在公众场合，需要裸露出这么多重要部位的经验。

他有些不知所措，也许跳到水里别人就看不见了。他不由自主，沿着池边"扑通"一声，像被放生的鱼一样蹦入了水里。

他原先坐在池边的位置，正好紧贴着水下扶梯。匆忙间滑入水里时，他的右脚一歪，正好卡到了水下扶梯与池壁相接的弯头里，于是，他在水里斜斜地侧倒出去。情急之下，他越是往外抽脚，脚脖子却被卡得更紧。

他的整个身体已经完全浸在了水中，他开始拼命挣扎，想摆脱扶梯弯头的羁绊，仍然自由的左脚使劲蹬着水，两只手胡乱地在水中吃力地乱舞着。他的腰也开始扭动，希望能弯下去，然后用手去帮忙挣脱扶梯弯头形成的卡扣。

情急时的力气完全不受他的控制，他的头猛地跟上半身一同冲出了水面，一出水面，冲力没有了水的阻拦，变得更大，头直蹿上去，正好磕到了泳池边突出的边角上。

他并不觉得疼，只感到一阵晕眩，忽然之间，在水里挣扎时原

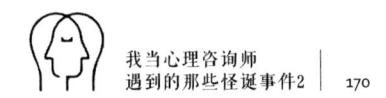

本显得很沉重的身体，一下子变得轻飘起来。

他突然从那个躯壳里跳了出来，仿佛在空中俯视着这一切。那个女孩再次摔入水里的时候，没有再挣扎，只是软弱无力地渐渐沉下池底。

一条细细的血线从池底涌上来，在晃动的池水水面散开，变得越来越大。

有人发现了血迹，有人开始指着水池惊叫，泳池出现了骚乱，救生员扔掉身上的毛巾，一头扎入了水里……

他不知道后来发生了什么，因为早起上课的闹铃将他吵醒了。第二天晚上，李爽早早地就躺在床上，脑海中不断回忆着这段情节，希望这样睡着后，能在梦中将故事接下去。可是，结局当然是一无所获，再也无法回到那个梦境中。

那年他上初二，刚满十四岁。

当时的梦境虽然无法再现，然而，这个女孩却从此永久地常驻在他的梦中。因为正当李爽就快忘记梦中泳池事件的时候，他再次梦到了这个女孩。

第二章

后来的梦并没有太多古怪、诡异的地方，无非是一些生活琐事。在梦中，李爽仿佛在观看着一个少女的成长过程。他感受着她的喜怒哀乐，感受着她所经历的一切，甚至感受到她第一次发现裤裆里流出红色液体时的惶恐与惊骇。

当他后来跟一些女同学聊天，描述那种感受时，她们都像看见恐龙一样地望着他，惊讶他怎么会知道得如此详细。

李爽无法将他的梦告诉别人，他为什么要跟别人说呢？希望得到他们的理解吗？还是想别人一起来分享他的梦境？丝毫没有必要。

随着时间的推移，李爽渐渐了解了一件事，他在成长的时候，梦中的女孩也跟着他在一同成长。

有这样一位"梦友"与他一同长大，其实是一件很愉快和开心的事情。毕竟，并不是所有人都能有这样的机会。

李爽说，他并不需要刻意地去想她，或者去梦见她，她会很自然地时不时地出现在他的梦里。他虽然也很奇怪，为什么会这么多年梦到同一个女孩。

他也曾翻看过不少关于梦境与心理学的书籍，想从中找到答案。

最后，一个比较能令他接受的也很科学的结论就是，这大概是他对于母爱的一种渴望，虽然跟妈妈一起生活，但她似乎更关心她的事业；也或者是对于父爱的渴求，因为他的父亲对他简直是放羊式教育，可能只有通过在梦中产生女性角色作为替代。

然而，这种想法却在李爽十八岁生日那天被彻底推翻。

那年生日，母亲凑巧在国外忙生意，而在家的父亲则忙于研究，简单给他过了个生日后，就又回到书房钻研历史了。那天李爽早早就上床睡觉了。结果这么一睡，竟然让他梦到了她，他再一次附着到了她的身体里。

他似乎在参加一个派对，是"他"的一个生日聚会！李爽不禁想：难道我竟然跟她是同一天生日？！

聚会是在一个别墅里举行的，这时已是傍晚，华灯初上。这是个两层楼的小洋楼，一条弯曲得像把平放的弓一样的洁净水泥坡道，一路延伸到门口的小停车场。

停车场里停满了各种小轿车、摩托车还有自行车，楼后面则是个小花园，花园是欧式围栏，郁郁葱葱的几株圣诞树般的针叶树上，到处都挂满了闪闪烁烁、五颜六色的彩灯。

花园里聚满了穿着喜庆的男男女女，看见"他"的出现，都纷纷过来打招呼，问候着，祝福着。

在左右忙于应酬的瞬间，"他"眼角的余光瞥见，后院的一个拱形门上，拉着一条横幅，上面隐约写着：祝俞……18……凡！

直到这时，李爽才知道，原来他梦中的女孩竟然有名有姓！她姓俞！

他极力想看清她到底叫什么名字，可是来来往往的人不断遮住"他"的视线，最主要的是，他无法控制"她"的行动。他看到的都是她所看到的，他无法通过她去看他所想要看的东西。

"他"来到花园中央的一个半人高的大蛋糕前,上面的蜡烛已经点上,他看不清蛋糕上写的字。在大家欢快的催促下,"他"一口气吹灭了蛋糕上所有的蜡烛。

他无法确知"他"是不是事先许了愿,这个愿望又是什么。他要是能进入她的思维,那该多好!

蜡烛吹灭的瞬间,不知从哪里的半空中突然打过来几盏射灯,银色耀眼的灯光全都聚拢在"他"一个人身上!四面八方撒过来无数的彩星,落在"他"的头上、肩上。

他看到周围所有的人都欢呼雀跃起来,从她们的嘴形上,李爽很容易就判断出,她们疯狂地喊着"生日快乐"!

不知谁这时递过来一张信纸样的东西。这一次,李爽看得很清楚,信纸的抬头上清楚地印着"城市大学录取通知书"几个大字!

这一刻,"他"仿佛成了一个万人景仰的明星!

十八岁,一个从青少年正式跨入成人的数字,多么令人羡慕的年纪!一个步入大学校门的年纪!一个充满了自由与浪漫的年纪!

在推杯换盏中,"他"似乎喝了不少酒,视线开始有些模糊。李爽注意到,不管"他"走到哪里,身边总有一个男子跟在前后,他似乎认识这个男子。

对!该男子曾在李爽以前的梦中出现过——曾经常给她补习小学语文的老师!

"他"走路时,身体开始有些摇晃。老师过来轻轻地搀扶着

"他","他"一点拒绝的意思也没有,并且还感到一丝丝亲切的安全感。他看不清老师的模样,但对老师十分信任,老师扶着"他"离开了喧闹的花园,进了屋,上楼来到了一间卧室。

老师将"他"放倒在了一张床上,李爽看到"他"的手在半空中胡乱挥舞着,嘴似乎也在喃喃地说着些什么酒话。"他"的目光更加浑浊了。

老师不知从哪里拿来了一条冰凉的毛巾,敷在"他"的额头上。"他"的视线似乎清楚了不少,看到了老师那双明亮的眼睛。老师在目不转睛地俯视着"他"。

"他"发现老师的眼睛越来越近,脸也越来越近!老师的嘴贴到了"他"的嘴上!"他"竟然伸出手去,一把搂住了老师!

不!不要呀!李爽在狂吼着,愤怒使得他突然从她的躯壳里挣脱出来。在半空中,他看见一对男女,在一张凌乱的床上迫不及待地解着对方的衣服。

为什么会是这样?!那个人为什么会是他?!他有什么资格去触碰我的女人?!她的第一个男人是我呀!她是我的!!!李爽在心里怒吼着,不!住手!他奋力地要冲过去阻止语文老师那双邪恶的手!

正在这时,忽然卧室的房门"砰"的一声被撞开,李爽也"腾"的一下从床上坐了起来,满头大汗地从噩梦中惊醒。

就在这时,一段流行歌曲很古怪地在他的脑海里莫名其妙地响了起来。李爽记得这是一首很老的流行歌曲，他记得他妈以前经常哼唱它，他甚至还知道那是个叫童安格的台湾歌星唱的——耶利亚、圣女耶利亚，我一定要找到她！这句歌词，也只有这句歌词，在李爽的脑海里，无数遍地反复吟唱着。

这个梦让李爽坚信了她绝不是那所谓恋母、恋父情结的产物——她是确确实实地存在于这个世界上，就在这个世界的某个城市，某个地方，真真实实地活着！

说到这里的时候，李爽顿了顿，接着说："当时我就萌生了找到她的念头，但是茫茫人海、大千世界，要想找一个人谈何容易。更何况，我要找的是一个只在我梦中出现的人，我要是去警察局，告诉他们我要找一个梦中情人，姓俞，十八岁，他们一定会把我当疯子抓起来。就算他们也都疯了，帮我查计算机数据库里的数据，十八岁并且姓俞的女孩子，全国只怕也有成千上万。"

他的这个梦是有些奇异，但是就这样作为"她"存在的证据还是有些过于牵强，为了全面了解整件事的来龙去脉，我决定先听他说完再给他做个全面的分析，于是顺着他的话题，说："是啊，这事若是找警察，他们铁定把你当成神经病，而且那个时代不像现在网络这么发达，你可以通过网络寻人的方式找。在当时除了找警察之外，就是自己满大街贴寻人启事。但是这种形式对你来说，一点用处都没有。那么当时你是怎么做的呢？"

李爽不好意思地说："呵呵，我当时的想法很简单，就是想如

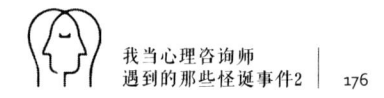

果自己精通计算机，那么就可以直接黑进警方的户籍系统自己去查，于是我一口气同时报了四个计算机学习班，编程、软件应用、硬件、网络工程全方位一起来，并私底下开始学习黑客技术，我甚至加入了'红客'组织……"

第三章

李爽说，为了能够获取更深层次的网络资源，他加入了"红客"集团，这是一个专门打击网络"黑客"的团体。他之所以加入他们，是因为通过这个组织，他能够更好、更全面地学习和掌握"黑客"技术。

这就好像要想成为"超级贼"，首先必须成为一名优秀的刑侦警察，必须全面掌握各种最先进的犯罪技术，比抓贼的警察更厉害的贼，才是超级贼。任何黑客组织传授的技术，都没有"红客"的培训教程全面。

当然，他不想当警察，他也没有立志打击网络犯罪的崇高理想，他所做的这一切只是为了寻到他的圣女耶利亚！

李爽有些自豪地说："欧阳心理师，不瞒你说，三年后，我就成功黑进了全国户籍查询系统，自行去搜索匹配跟她相关的信息，可是很遗憾，我并未在全国户籍查询系统里如愿地找到她，但是我没有放弃，又加大了搜索目标……"

　　李爽又花了一年多的时间，"黑"入全国各大服务器对其用户信息进行了地毯式搜索。最后确定了一千个可疑的 IP 地址，只要其中任何一个地址出现跟他梦境相关的任何数据信息，他立刻就能发现，并准确将其定位。

　　也就是说，只要他的圣女上网，她聊天的内容里涉及了任何他梦境里的情节，他就立刻可以找到她！

　　然而，奇怪的是，这么折腾了几年，李爽竟然一无所获。难道她从不上网吗？这完全不可能！现在，尤其是年轻人的生活已与网络息息相关。难道她跟其他许多网民一样，网络生活与现实生活完全脱钩？网络里绝不涉及任何现实生活里的信息？

　　李爽决定将搜索工作做得更细，他不再单纯地守株待兔，而是变得更加主动，他说，自从那次"生日事件"后，他就萌生了控制梦境的想法。

　　也许是随着年纪的增长，自我控制能力在不断增强，加上他经常性地进行意识控制训练，他发现已经慢慢能对梦境做简单的掌握了。

　　比如，有那么一两次，他能做到想梦到她的时候，就能梦到她了。这极大地鼓舞了他，他对自己更有了信心，似乎离找到他的梦中情人又更近了一步。后来又经过不断的训练，李爽对于梦境的控制几乎已经达到了运用自如的地步。

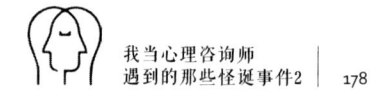

这完全得益于他对于催眠学的研究。在自我催眠的状态下，他能随意进入自己想要进入的梦境。这意味着，他已经完全脱离了时间的束缚，只要他愿意，白天也能做梦。

"控制梦境？李先生，你确定不是在跟我开玩笑吗？"虽然我承认梦存在着许多说不清道不明的神秘感，但是当我听到他说他能控制梦境，我的下巴差点都要掉下来了。

李爽苦笑了一下，说："我知道，我说我能控制梦境你肯定很难相信，而且更要命的是这个事我还没法证明。"

"道理是这样。"我托着下巴，说，"不过你可以展示一下你可以快速入睡的示范，用来证明你脱离了时间的束缚，可以随时随地入睡过去。"

"好啊，这个容易！"李爽换了一个舒适的坐姿，接着说，"我将会在十秒后入睡。"说完后，他闭上了眼睛。

十秒就入睡？开什么国际玩笑？我不相信他的自我催眠术有那么强，于是目不转睛地盯着他，心中默数着数字——10、9、8、7……一边数数，一边观察，李爽的脸上越来越安详，呼吸也越来越缓慢，当我默数到"1"的时候，他甚至开始打起了轻鼾，他竟然真的睡着了？！

我简直有些不敢相信自己的眼睛，我怕他诈我，捺着性子，继续观察他，并不时弄点小动静骚扰他，比如拍拍他的脸、在他腋下搔搔痒、轻轻地在他耳边叫他等，如此试了十多分钟，不但没将他弄醒，他的鼾声反而越来越响了。

我终于投降了，于是一边大声叫着李爽的名字，一边摇晃他的身子，就这样，还费了好大劲才将他弄醒。醒来后的他，看着一脸蒙圈的我，笑着说："欧阳心理师，怎么样？"

"你太厉害了！"我忍不住夸奖道，"说实话，我也会点催眠术，但是没你这么高明，像你这样自我催眠入睡，我最少得好几分钟才能做到。"

李爽微微一笑，没有说话，但是他强大的催眠术让我对他的话增加了几分信任。我说："刚刚你提到可以随意进入你想要进入的梦境，这么说来，你尝试过利用梦境去寻找她？"

"是的，我本打算利用做梦梦到她的情形，然后圈定她的位置。"李爽点点头，继续说，"但是欧阳心理师，我想你也知道梦境里有一个永远无法逾越的障碍，那就是梦里的影像总是模糊的、朦胧的。在梦里，我们就好像一个没戴眼镜的高度近视者，不过尽管如此，这些年来，我一直在研究那些我觉得有用的梦境资料。像犯罪侧写师那样，对梦里出现的场景、人物和对话进行分析，然后输入电脑里通过大数据运作，慢慢地勾画出了她的职业背景、外貌特征和性格特点等具体情况。尤其是她模拟照片的出现，让我为之一振，这些年以来，虽然我不时梦到她，但是我一次也没有看清过她的样子。"

说到这里，李爽拿出手机，点出一张照片递给我，说："欧阳

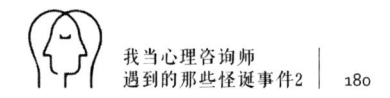

心理师，这就是电脑根据我提供的资料模拟出的她的样子。"

我凑近一看，相片上是一个三十出头、留着一头长发的女人，虽然五官并没有特别出众的地方，但是看上去很舒服。我点点头说："嗯，挺好看的！这是她最新的照片吗？"

"对，这是电脑最新模拟出的她的照片。"他点了上一张照片出来，继续说，"这是她去年的。自从可以通过电脑模拟出她的面貌后，我每年都会模拟出一张她的照片。"说着，他将历年来给她绘制的照片一一点开给我看。

我数了数，竟然有六张之多，看着这些照片，就像是在看一个女孩子的成长照，从羞涩腼腆到落落大方，再到亭亭玉立，再到气质美女。我问："那么电脑根据你提供的资料模拟出的她到底是怎样的一个人呢？"

"性格温柔贤淑，爱看恐怖片，爱吃口味重的食物，普通话口音中带点港台腔，英语非常好，阅读原版英文书没有任何障碍，家境殷实，父母均在，常常出国游玩，最喜欢的国家是美国，谈过几次恋爱，但都未修成正果……"李爽倒背如流地说了一大堆。

我摸着下巴，说："个人情况算是比较详细了，再加上还有照片，应该不难找了，你后来找到她了吗？"

李爽摇摇头，叹了一口气，说："没有，我将她的个人信息和照片输入大数据里地毯式搜寻了六年，依然一无所获。"

听他说了这么多，说实在的，我很佩服他的执着，但是如果事情从一开始就是个误会，那么就没必要继续误会下去，于是我跟他说："李先生，我并非想要打击你，之前你没有她的任何资料，你找不到她那还说得过去，如今你有她的照片，又掌握了她的基本信息，依然没有找到她，那么她真的很可能并不存在。我是这么看待的，我觉得你这个'她'啊，应该是你假想的朋友。许多人在小时候，两三岁时，由于在现实交往中的需要得不到满足，比如没有合适的玩伴，一直都很孤独；比如父母忙于工作而忽略他们；比如他们受到伤害时，没有及时得到安抚。这时候他们就会自己创造出假想的小伙伴，这些小伙伴可能是一个布娃娃、一只小动物、一个小枕头，甚至是头脑中的一个小精灵、一只小魔兽，他们会和这些小伙伴说话、玩耍，喂它吃饭，给它打针吃药。随着年龄的增长，他们会慢慢分清幻想与现实，这些朋友也会自然消失。而你因为长期得不到父母的关心，所以这位假想朋友一直陪伴着你直到今日，因此让你误以为'她'是真实存在的，十几年来一直在悄悄地寻找……"

李爽自然对我说的话不以为然，他斩钉截铁地说："这绝对不可能！我是没有找到她，但是我能感觉到她的存在，她就生活在这个世界的某个城市里。我知道我这么说，没有说服力，所以我需要更多的时间来证明，来寻找她，可是我妈她老催我结婚，因此我不得不想招来对付她了！"

听到这里，我大概明白了李爽为什么自己跟自己结婚了。我

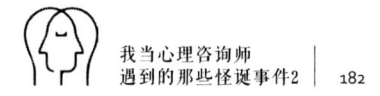

说:"这些年来,你因为心中只有她,没谈过一次恋爱。亲戚朋友介绍的对象,你一个也看不上,一门心思只想找到这个梦中情人。但是你妈不知道真相,一直盼望着你早日结婚,近年来逼你逼得紧了,于是你一怒之下就想用自己跟自己结婚这一招来对抗你妈。我说的是不是?"

李爽回答道:"是有这个因素在,但不全是。欧阳心理师,实话跟你说,我弄自己跟自己结婚这一出闹剧的真正原因,其实还是为了寻找她!"

"哦,为什么这么说呢?"我还是不明白,他自己跟自己结婚跟找他的梦中情人有什么关系。

"我从十八岁那一年开始正式寻找她,到了今天已经有十二年了,从最开始的入侵全国户籍系统到全国各大服务器,再到利用电脑大数据勾勒出她的信息更有针对性搜索,可是这么多年来我依然没有找到她的下落。近年来我开始反思我的行动,虽然规模很大,也很有针对性,但是茫茫网络,就像大海捞针一样,如果继续这么下去的话,再来个十年,我想我也不一定能找到她,所以我需要转换思路。"李爽无奈地苦笑了一下,接着说,"而且随着网络的普及,微博、微信的崛起,如今找人用不着非得动用黑客技术,想一个好的点子,讲一个动人的故事,图文并茂地发一条微博或者微信内容,请几个网络大 V 转发,就能像滚雪球般地传播开了。以前我是耻于用这种炒作的手段,可如今时代不同了,我决定好好炒作一把，发动网友的力量帮我寻找我的梦中情人。"

"哦，这样啊，我明白你的意思了，其实你自己跟自己结婚纯属就是个噱头，只是为了吸引大家的眼球，你会在你的'婚礼'里告知大家你的真正目的是为了寻找你的梦中情人。到时候你把这十二年来寻找她的事情这么一说，这个集匪夷所思的奇异事件、矢志不渝的坚持、瞠目结舌的婚礼于一体的事件，就算不请网络大V转发，自身就能带动流量。你再将她的基本信息和照片一起发出来，自然就会有人主动帮你扩散的！"我终于明白他的意图了。

李爽一笑，说："嗯，我就是这个意思，我已经邀请各大主流媒体和数十个网络大V一起联手炒作，到时候微博、微信、直播、报纸、杂志、电台、电视台都会先后报道我这个奇葩的婚礼和我的事情，然后让大家一起来帮我寻找她。"

第四章

"李先生，我基本上已经明白你说的一切了。说真的，我非常佩服你的坚持，也能理解你的感受，我愿意去说服你妈同意你举行这个'婚礼'。"我顿了一下，接着说，"不过，我丑话说到前面，如果这么一个声势浩大的寻人行动，依然没有找到她，你是否愿意接受她就是你假想的朋友，以后不再寻找，安心地过自

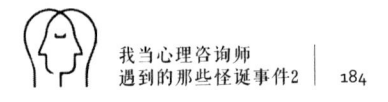

己的生活？"

李爽低头想了想，他突然抬起头来，说："欧阳心理师，既然你话都说到这个份上了，那好吧，正好我这个'婚礼'还缺一个司仪，如果你愿意当我的司仪，并由你来向大家讲述我的故事。那么我就答应你，如果这次再没有找到她，以后我就彻底放弃寻找她的念头，找个适合的女人结婚生子，从此安心过日子！毕竟我今年三十岁，已经没有太多的十二年去寻找了。"

"OK，那么我们就这么说定了！"虽然我觉得给这么一个奇葩的"婚礼"当司仪很搞笑，但是为了治好他，我豁出去了，当就当吧。

我们谈话结束后，我请了李爽的父母进来，跟他们简单讲了一下李爽的情况，二人听了都不由得瞠目结舌起来。

"你们也用不着太担忧。"我宽慰他们说，"假想朋友许多人小时候都有，与无假想朋友的儿童相比，有假想朋友的儿童拥有更丰富的想象力、更强的文学创造性。同时孩子在与假想朋友的交往中，需要扮演很多角色，自己、他人、好人、坏人、乐观的人、悲观的人，而在这个角色转换以及自我的思考中，孩子最终会形成较为稳定的个性。不瞒二位，我小时候也有，我家就我一个孩子，小时候没有玩伴，就自己创造了一个玩伴出来，我妈当时看我对着空气说话，还以为我见鬼了呢，要送我去驱鬼。好在我爸是无神论者，将我送到医院一问，才得知真相，总算松了一口气。李爽从小到大都是一个人，二位忙于工作，对他的关心太少，以至于他沉迷在幻想世界中无法自拔。他要结就让他结吧。他想借由自己跟自己结婚发动群众寻找他的那个假想朋友,而我们也正好可以借此机会让他清醒过来。相信经过这次失败以后,他会有所醒悟。以后你们再多关心关心他,相信用不了多久,他的那个假想朋友自然会消失的!"

李爽的父母一听,觉得在理,于是同意了我的建议,按照李爽的意思给他操办了这么一个荒诞的"婚礼"。

我见时机差不多了,重新登上舞台,拿着麦克风说:"各位来宾,大家下午好,首先自我介绍一下,我是本次婚礼的司仪欧阳子瑜,其实我的真实身份是一名心理咨询师。大家估计早就对李爽这起惊世'婚礼'感到奇怪了吧,李爽这么好的一个帅小伙,要颜值有颜值,要身高有身高,要钱有钱,为什么要冒天下之大不韪自己跟自己结婚?这不是相当于跟所有未婚美女公开为敌吗。其实当他和他父母找上我的时候,我当时心想,小伙子该不会脑壳进水了吧。但是当我听完李爽的讲述之后,我毫不犹豫地支持并说服了他的父母同意举办此次婚礼。下面我就跟大家详细说说他的理由,我想大家听完之后,肯定也会跟我一样持相同的意见,事情要从李爽十四岁做的那个梦说起……"

我声情并茂地开始给众人讲述李爽那些奇异的梦境和他这十二年来的苦苦寻找,但却一直未曾找到梦中情人。

这些事情本来就非常感人,再加上我巧妙地利用心理学做进

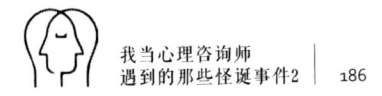

一步的渲染和煽情，说到一半的时候，台下已经有人眼睛红红的了。当我说完时，台下已有不少人抹眼泪，尤其是那些女孩子，更是一个个哭花了脸。

"事情经过就是这样。"我清了清嗓子说，"李爽的妈妈不明其中缘由，见儿子三十岁了，不见谈恋爱，也没有女友，还以为他是个同性恋，自然急了，听到他要自己跟自己结婚，更是大跌眼镜，于是拉着他找到了我。得知真相的我，真的非常感动，才同意前来充当司仪。说了这么多，我想大家肯定非常想知道李爽的梦中情人到底长什么样吧，现在请大家将目光投向大屏幕。"

音效师听了我的话，立马将原先的背景音乐换上了李爽梦中情人那六张电脑模拟照，我指着上面的照片，一一介绍说："这是李爽通过那些奇异梦境提取出来的资料，再通过电脑大数据模拟出来他梦中情人的各个年龄时段的照片，这是他梦中情人二十四岁时的照片……这是她二十七岁时的照片……这是她三十岁时的照片……希望大家能拍下来发微博或者朋友圈，一起为李爽寻找他魂牵梦萦了十二年的梦中情人，谢谢大家！"

李爽精心策划这出自己跟自己结婚的闹剧，在众多媒体、网络大V的发酵下，获得了空前成功。一时之间，网上网下均是热点，无数人自发地帮他寻找。

然而几个月过去了，这位梦中情人依然没有任何下落。对于这种结果我早就心中有数了，本来就是他的一个假想朋友，怎么可能会在现实中找到呢！

  又过了两个月，李爽见还是没有任何消息，终于开始相信我说的话了，知道所谓的梦中情人不过是他在缺少关爱的前提下幻想出来的人。

  不过值得高兴的是，他的父母经过此事之后，对他的关心越来越多，而他的梦中情人出现的次数也越来越少。两年后，当他和一名敬佩他痴情的女网友结婚时，他就再没有梦到她了。

NO.06

借尸还魂记

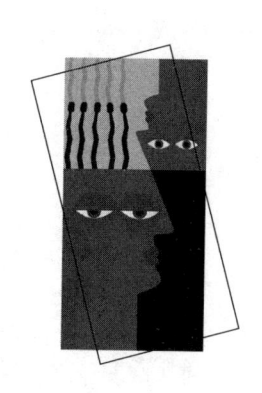

案例编号：120454712			
姓名	蔡旭	职业	银行大客户经理
性别	男	婚姻	未婚
年龄	30	住址	北京通州区
症状情况	因一个恶作剧间接害死了七个老同学，事后他内疚过度，自己将自己封闭了起来，结果有一天突然像鬼上身似的，身份不断变成了已经死去的那七个老同学		
治疗结果	成功		

第一章

这个世界上是没有鬼的，就算有鬼也是心中有鬼，我当心理咨询师这些年来，曾经接待过各式各样所谓遇到灵异事件的来访者，有的说看到鬼，有的说掉了魂，更有甚者说被鬼上身，他们当中最让我觉得不可思议的，当属蔡旭的"七鬼上身"事件。

我姨妈赵璇女士，除了是我们心理咨询中心的创始人之外，还在通州××医院挂有兼职。该医院一旦有难搞的心理疾病，一般都会主动求助我的姨妈。

那年夏天，他们那儿接收了一个病人，这名病人因一个恶作剧间接害死了七个老同学，事后他内疚过度，自己将自己封闭起来，不吃不喝，不言不语，躺在床上一动不动，全靠输液维持生命。

然而奇怪的是，突然有一天，这名病人突然下地了，也开口说话了，但是意想不到的事情发生了，这名自称是 A，而 A 就是他死去同学中的其中一名。然后在治疗的时候，医院又发现这名病人变成了死去同学中的 B，随后他又自称是死去同学中的 C。

变身的时候，他的说法方式、语调和举止都跟 A、B、C 生前别无二致，说的事，也基本上跟真实情况对得上，就像是鬼上身似的。该事在医院里传得沸沸扬扬，为正风气，院方请求姨妈帮助，于是这个露脸的活儿最后落到了我的手上。

我驱车赶到了通州××医院，找到了孙殿丽护士长。我曾来过这儿多次，每次都是她接待的，我们算是老熟人了。她见了我，笑着说："欧阳心理师，这次又要麻烦你啦。"

"哪里，一直都没帮上什么忙，希望这次我能派上用场。"我客气了一句，然后直入主题地问道，"那个病人到底是啥情况啊？我就听我们赵总简单说了一下，好像是病人做了个什么恶作剧，造成了他那七名老同学意外死亡，然后他就自我惩罚，封闭起来，结果那些死去的人一个个都上他身了？"

"是呀，欧阳心理师，我跟你说，这事可邪门了呢。"孙殿丽一惊一乍地说，"这名病人叫蔡旭，是南开大学金融系的高才生，毕业后回到北京进入了一家国有银行，由于业绩突出，最近刚刚升为大客户经理，可谓是正值春风得意之际。可是谁承想，参加个同学聚会，竟然出了那么大的事，参加聚会的一共八人，除了他自己之外，其他七人全部遭遇车祸遇难，而这些人的死全都是因为他的一个恶作剧。敢情是那七人死得够冤，所以才会死后一个个附在他的身上，想要霸占他的身体，呵呵，这点当然是外面那么传的。院里

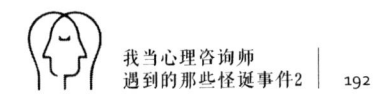

的精神科医生说他应该只是精神分裂了,不是什么鬼上身,也不是什么'夺舍'。"

"嗯,孙护士长,那你知道这个蔡旭到底搞了什么恶作剧吗?为什么他的那几个同学会被车撞死?"

孙殿丽有些兴奋地说:"欧阳心理师,这事你算是问对人了。大家都只是知道蔡旭恶作剧害死了几个同学,但是再问他到底搞了什么恶作剧,都答不出来。因为当事人,不是死了,就是疯了,具体详情外人也不大清楚。不过啊,因为蔡旭突然像变了一个人似的,引起他那几个死去同学的家属过来查看,他们当时参加处理过那起意外事故,从他们嘴里拼凑出了整个事件的前因后果。"

闻言,我也很兴奋,催促道:"孙护士长,你太牛了,那你跟我详细说说呗。虽然还没有见到蔡旭,但是深入了解他变成现在这般模样的始末,有助于我对他的治疗。"

"当然可以啦。"于是孙殿丽开始详细叙说起来,"蔡旭跟他那七个同学感情最好,以前读书的时候他们就经常相互开玩笑。毕业后,大家各奔东西,尽管后来每年都搞同学聚会,但是他忙于工作,一直没有参加。今年他又接到了邀请,寻思着好几年都没有参加,这次再不参加有些过意不去,于是就答应赴约了……"

孙殿丽说,赴约之日,蔡旭一大早就驱车前往天津,一路上他都在想聚会上将遇到哪些同学,爱吹点小牛的吴兵、"假男人"宋旦旦、打牌总是输的宾峰……杨嵘会不会将他们都请到呢?嗯,对了还有他以前曾经暗恋过的欧阳君不知道会不会出现？蔡旭如此遐想着，不知不觉就到了天津。

蔡旭下了京津高速拐进了天津市区的环城路，在高升桥他为了抄近道，没走二环路，直接上了飞虹路，车行一半，不想前方出了一点交通事故。等他想退出来的时候，后面已经被其他车辆堵住了，没办法，蔡旭只好待在原地等。

这一等就等了一个多小时，好不容易交警总算将障碍清理完毕了，蔡旭不由得庆幸出门出得早，尽管堵了那么久，他还是按时赶到了聚会地点。

蔡旭本以为经路上这一耽搁，其他同学肯定全部都到了，没想到进去之后发现他居然是第二个到场的，第一个到的是吴兵，其他人都不见人影。

算起来，蔡旭跟吴兵已经有五年不见了，此时再见自然感慨不已，话匣子一经开启就再也难以收住。

说着说着，蔡旭无意间瞟了一下时间，早已过了约定的时间，然而其他人却依然不见踪影。别人都还好，但是一向守时的老班长杨嵘还没来，他觉得有点奇怪了，不由打趣地说了一声："今天可是太阳从西边出来了，杨老大居然迟到了，到了现在还不见人影哦。"

这本是一句很简单的戏谑之话，可是吴兵一听，像被什么东西刺激到似的，反应强烈地说："你说什么？！"

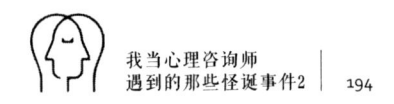

蔡旭耸耸肩，说："难道不是吗？杨老大以前不管做什么，可是最积极最准时的，但是今天不是说好十一点钟在这儿见面的吗？现在都快十二点啦！"

吴兵的身子一抖，手上的茶杯差点掉下来，他瞪着眼睛看着蔡旭说："你说的杨老大是杨嵘？"

"废话，除了他还有谁啊！"

"是杨嵘叫你过来的？"不知道为什么吴兵说这话的时候，声音明显有点不对劲。

"是啊，怎么了？"见他如此，蔡旭隐约觉得有点不妙。

"你难道不知道杨嵘去年出车祸去世了吗？"

"什么？！"蔡旭几乎跳起来问道，"你说杨嵘去年就死了？不可能吧，我前几天就是接到他的电话并定在这里见面的啊！"

"有这等事？但是杨嵘真的是去年去世了，是车祸，去年我们搞同学聚会，一起去避暑山庄玩，路上出了车祸，全班同学除了我和邱军之外，其他人都不幸去世了。那真是一场悲剧，后来的每个晚上我都梦到他们临死前的惨叫，真是太惨了……"

吴兵眼睛红红的不像撒谎的样子，可蔡旭还是有点半信半疑，他说："可是、可是我真的接到他的电话啊！要不我也不会来这儿啊！"

"今天是杨嵘他们过世的第一百天，我和邱军来这里祭拜他们一下，他们就埋葬在山后面的公墓里。因为你常年在外，一直联系不上你，所以我们没叫上你。刚才初见你我还觉得奇怪，你今天怎么会回来，后来我想估计是邱军临时联系你的，没来得及通知我……"吴兵解释此次约会的目的，突然像是想起来了什么，忙说，"你说杨嵘打过电话给你，那号码你还有没有？要不你打过去试试？"

一语惊醒梦中人，蔡旭忙掏出手机，调出保存的那个号码，打了过去。电话很快通了，是杨嵘他老婆接的，尽管蔡旭心里早就有准备了，但是当他从她口中确认杨嵘已在去年的车祸中去世的消息时，还是吓出了一身的冷汗。

挂了电话后，蔡旭的心绪久久不能平息，他看着吴兵，吴兵也看着他，他们两人的脸色都不太好，最后蔡旭深吸了一口气说："难、道、有、鬼？"

"这……"吴兵也无从解释，"这件事儿的确有点怪，咳，我也不知道。"

蔡旭觉得心里毛毛的，一时不知道该说什么。吴兵似乎也一样，搓着手干坐着，包厢里的气氛一下子凝固下来。

这时吴兵的手机响了，他随手接了起来应答了几声，然后拍了拍蔡旭的肩头，兴奋地说："邱军人来了，就在山下。对了，我忘记告诉你了，那起车祸，最后虽然只有我和邱军幸存了下来，我走运没事儿，只是躺了三个月。但是邱军他的腿就永远走不动了，你在这里先坐一下，我下去接他上来。"说完就出去了。

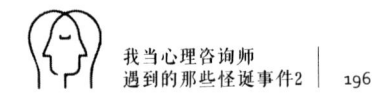

第二章

蔡旭一个人孤零零地坐在偌大的包厢里想着刚才的事，猜测着杨嵘为什么要约他过来，难道是嫌下面还不够热闹，要拉他下去陪陪他们？想到这里，他心里不由发起毛来，本来暖烘烘的包厢里，此时他竟然觉得浑身发冷，而且越来越冷了。

蔡旭有点坐立不安了，他希望吴兵他们赶紧回来，然而过了半个多小时，却依然不见他们上来。

事情有点不对劲，从山下到山上顶多只有十来分钟的路程，就算吴兵推着个残疾人，也花不了二十分钟，那为什么他们那么久还不上来？难道他们得知我的事吓得都走了？

想到这里，蔡旭想打吴兵的电话问问，但是手机拿出来了，才发现自己不知道他的号码。光这么坐下去也不是办法，蔡旭决定出去等，到人多的地方去等。

出了包厢后，蔡旭这才注意到这个饭店非常反常，偌大的饭店居然一路不见人影，每个包厢都是空荡荡的，像是打烊了一样。

他越走越觉得不安，按理说，此刻已是到了吃午饭的时候，前来吃饭的人应该是络绎不绝的，为什么这家饭店如此冷清？太不符合常理了。

好在柜台上那个先前接待他的小伙子还在，蔡旭的心里总算踏实了一点。他走了过去跟那个小伙子搭讪，当蔡旭问起"为什么今天不见其他人过来吃饭"时，小伙子讪讪地笑了一下，然后说："由于接近春节了，而饭店又在山上，生意冷淡，所以没什么人来。"

蔡旭对这个解释不是太满意，心想肯定有另外的原因。但是这跟他没什么关系，他也不好点破，只是随便"哦"了一声就没再问了。

小伙子似乎等急了，开口问蔡旭是不是可以开始点菜了。蔡旭回答说吴兵正在山下接另外一个朋友上来，等他们上来后再点。

小伙子一听像是吓了一跳说："你说刚才和你一起的那个朋友？不是吧，你就一个人啊，你是第一个到的啊，除了你之外，没其他人在啊！"

怎么可能？那么一个大活人，怎么没看到，于是蔡旭比画着说："就是那个啊，身材高高的，波浪卷发，留着两撇小胡子，刚才跟我在包厢里的那个啊！"

小伙子摇头如拨浪鼓，说："没看见，我今天一直就站在这里，从早上到现在，除了你来过之外，就再无其他人来过了。"

"怎么可能呢！他刚刚还跟我在包厢里说话，你怎么可能没见过他呢！"本来蔡旭的心就有点虚，听小伙子这么一说，心又吊了起来。

"先生，我真没见过你所说的那个人，上午你说你是来参加聚

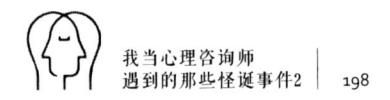

会的，我就带你进入了'洞庭湖'包厢里等，然后就出来了。从那开始到现在除了你之外，就没第二个人来。"小伙子斩钉截铁地说。

"那、那你说有人在你这儿定的包厢，难道不是他吗？"

"不是，是个叫杨嵘的先生定的！"

"什么？你说杨嵘定的，你撒谎！他不是早就死了吗？老实说你是不是跟他联合起来想骗我？"

"他哪里死了，先生您看外面，那不就是他吗？"

蔡旭顺着小伙子指的方向看去，鲜血顿时像凝结了一样，浑身直打战，门外此时正走来一帮人，带头的正是杨嵘和宋旦旦两个人，而其他人，尽管这么多年了，他们的样子比起以前还是有点变化，但是蔡旭还是很快将他们都认了出来——傻强、大毛、可乐、赵晗……怎么可能！他们不是明明已经死了吗？

宋旦旦眼尖也看见了蔡旭，尖叫着说："大家快看，那是谁？哈哈，我们的大头菜回来啦！"

其他人闻言纷纷跑过来围上了蔡旭，一时间，以前许多的愉快和不愉快的回忆纷沓而来塞满了蔡旭的大脑，青春如花，激情似火。

这一刻他仿佛又回到了多年前他们一起读书的日子，蔡旭想叫喊却仿佛有东西噎住他的喉咙……

也就在这时候，他的耳膜完全地被再度腾起的喧闹所占据——

"是他，哈哈，是蔡旭！我们的大头菜，我认得出来！"

"大头菜，你果然来了，还记得我不，我是大毛啊！"

"是哈，大头菜，现在长得比我还高了，想当年，你比我还矮半个头呢，呵呵……"

诸如此类的话语不绝于耳，"大头菜"是蔡旭当年的外号，得此诨号，一是他姓蔡，二是他的头确实比常人略大。很多年没听人家称呼他这个外号了，此刻听来很是亲切，很是温暖，蔡旭一时间竟觉得有点感动，鼻子酸酸的。

然而当杨嵘伸出手要跟他握手的时候，他突然想起了吴兵的话，条件反射似的后退了一步，警惕地看着杨嵘。

蔡旭这反常的举动让大家伙儿为之一怔，他们个个一脸疑惑地看着他。宋旦旦怪叫着说："你秀逗了啊！"

蔡旭冷静了一下，哆嗦着说："你们不是已经过世了吗？"

"啊？什么？我们过世了？谁说的啊？我们这不是好好地在这里吗？"宋旦旦似乎被雷了一下，斜眉歪脸、表情夸张地看着他。

"吴兵说的，他说你们去年去避暑山庄玩的时候出车祸不幸去世了。"

当蔡旭说到吴兵的时候，他很明显地看到在场的人脸色陡然巨变，宋旦旦更是惊骇地说："啊？你见到吴兵了啊！天哪，不是真的吧？！"

"是的啊，刚才我还跟他在一起聊天啊，难道他是骗我的？这小子也忒不地道了，怎么能开这样的玩笑呢！"

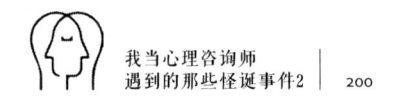

杨嵘这时开口说:"你真的见到吴兵了?"

"是的啊,怎么了?"

杨嵘皱了下眉,犹豫了一下说:"去年我们和吴兵、邱军的确是结伴去了避暑山庄,不料车行到半路,被一辆大巴撞了,可是我们并没有大碍,只是靠窗的吴兵和邱军因为失血过多去世了,他们的葬礼我们都参加过,你说你见到他了,这……"

"啊?!"蔡旭的心一阵抽搐,汗如雨下,但是仍不相信地看着他们。大毛他们纷纷出声证明杨嵘所说不虚。

杨嵘缓缓地说:"你要不信,我这有当时参加他们葬礼的照片。"他说完从皮包里抽出几张照片递给蔡旭。

蔡旭接过来一看,倒抽了一口凉气,照片果然是吴兵和邱军两人的追悼会,悲情的灵堂、冰冷的遗像、哀怨的吊唁,一点也不像是电脑处理过的。人证、物证就摆在眼前容不得他不信,可是还有一个问题无法解释啊,那就是刚才打杨嵘电话时说话的那个女人。

想到这里,他忙问:"那刚才我打你手机时,接电话的是个女人,她自称是你老婆,她也说你出车祸死了。"

"有这等事?怎么可能呢!我婚都还没结呢,哪里来的老婆!而且手机我也一直带在自己身上,根本没给别人,你再打一下试试,今天真是有些邪门了!"

蔡旭照做,电话一打,杨嵘的手机立马就通了,蔡旭挂断,又试了一下，又通了，这……他简直有点无语了，难道吴兵才是真的鬼？！蔡旭觉得头晕得很，差点站不稳瘫倒在地。

杨嵘问："你说你见到吴兵了，他人去哪里了？"

蔡旭尽量克制自己的恐惧，说："他下山接邱军去了，他说邱军在那次车祸中失去了双腿，走不了路。"

"下山的路就只有一条，一路上我们都没见到他。算了算了，蔡旭你一路辛苦了，我们当中就你路途最远，你估计累了，来来，我们先进包厢里再说。小宋，你叫服务员也进来，我们开始点菜。"

在众人的搀扶下，蔡旭又回到了包厢里。很快饭菜就送了上来，热情的朋友，热烈的气氛，蔡旭的情绪逐渐被感染了，在灌了几杯酒后，他的胆子大了起来，跟大家说笑打趣了起来。

第三章

就在蔡旭喝得微微有点醉意的时候，手机突然响了，他翻出来一看，是个陌生的号码，不过他还是随手接了起来，还没凑到耳边就听到电话那边急切的声音传来："喂，是蔡旭吗？我是吴兵，你现在在哪里？"

吴兵？！一听对方是吴兵，蔡旭吓得酒醒了一大半，差点惊

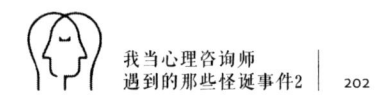

呼出声："你、你……"本来酒喝多了，舌头有点打结，这会儿听到对方说是吴兵，他口吃得更加厉害了，"你"了半天也没将后面的话给说出来。

"你人去哪里了？怎么不在饭馆里了？我跟邱军到了，现在就在包厢里，你快回来吧。"

"啊？你、你在包厢里？我、我也在啊……"

蔡旭好不容易挤出一句话，可是还没等他说完，吴兵就抢着说："你也在包厢里，不是吧，我怎么没看到你？你在哪个包厢里？我们定的包厢是在'洞庭湖'啊，你确定没走错地方。"

"没、没有。吴、吴兵，你、你为什么还要找我？你和邱军就安心去吧，不要太、太执着了。"

"你在说什么啊？我怎么一句也听不懂呢？你到底在哪里呢？那边怎么那么热闹？赶紧过来吧，等下还要上山祭拜杨嵘他们呢。"

"我是不会去的，我现在跟杨嵘他们在一起。吴兵啊，你和邱军既然已经过世了，就安心去吧。我知道你想我们，可是毕竟人鬼殊途，尘归尘，土归土，来世我们再做好兄弟。"

"什么？你跟杨嵘他们在一起！"吴兵似乎吓得不轻，声音不由大了起来，"天哪，你怎么跟他们在一起了呢？他们早就死了啊！"

"吴兵你别再骗我了，我都知道了，当时死的人其实是你和邱军。你走吧,你已经不属于这个世界了,回到你该去的地方吧。"

"谁说我死了?是杨嵘他们说的吗?千万别相信他们,他们才是真正的鬼,他们想要带走你,你现在的处境很危险,赶紧想办法溜出来啊!"

"吴兵你别想再骗我,你和邱军的追悼会照片我都看过了,你走吧,放过我吧,我以前貌似没有对不起你的地方吧,你就饶过我吧。"

"我说的是真的,他们才是真的鬼啊,你怎么就不信我呢。咳,算了,我知道现在我说什么你都不信,我和邱军现在人真的就在'洞庭湖'包厢里,你说你也在,这根本不可能,你看看四周有没有什么异样之处。"

蔡旭根本就不信他,但是还是下意识地看了看四周,当他的眼睛扫过窗外的时候,心里猛然一抖,外面不知道什么时候黑了,黑漆漆的一片,什么都看不见,好像晚上一样,这怎么可能啊?今天明明风和日丽的,而且此时正是中午,天怎么就黑了呢?

"外面……怎么黑漆漆……一片了?"蔡旭结结巴巴地说。

"不对劲了吧,现在大中午的正是太阳最热的时候怎么可能黑漆漆的呢!一定是杨嵘他们作了法,将你移到了他们的坟墓中。当时杨嵘他们出车祸后,尸体都摔成了一摊肉泥,谁也分辨不出谁来,最后统一将他们埋葬在了一起。"

"这……这怎么可能?!"蔡旭心里一阵发毛,一溜冷汗仿

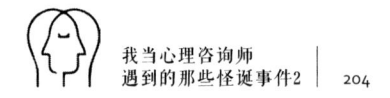

佛一队蚂蚁一般，从脑后沿着脊背一路爬了下去。他不禁打了个冷战，背靠着墙，一只手拿着电话，一只手顺着墙慢慢往门外摸去。他实在不敢再正眼看哪怕一眼，正围在酒桌边欢声笑语的杨嵘他们。

可是，难道屋外的吴兵就一定是人而不是鬼吗？蔡旭哆嗦的脚步不由得停了下来，他就这样尴尬地贴墙站在包厢的门边，到底是出去还是不出去，这实在是个难题。他不能犹豫太久，很快杨嵘他们就会发现他已经离开酒桌，很快他们就会来找他！

蔡旭咬咬牙，不管屋外的吴兵是人是鬼，他也要去搞个明白，毕竟对付两个鬼总比对付这一屋子鬼要来得容易些，尽管只怕一个鬼他也对付不了。

就在蔡旭发狠要跨出最后一步的时候，忽然听到轻微的"啪"的一声，包厢内顿时一片漆黑，黑得伸手不见五指！可是奇怪的是，酒桌旁的欢声笑语似乎并没有受到任何影响，觥筹交错声有增无减！他们居然在这样的环境下还能若无其事地畅饮说笑！他们不是鬼，又会是什么？！

"鬼啊！"蔡旭大叫一声，再也顾不了许多，拔腿就往门外跑。门外也是一片漆黑，蔡旭不知道该往哪里跑，总之，不管哪里，先逃吧！他闷着头一个劲往前冲，只希望赶紧冲出这片黑暗。

蔡旭跌跌撞撞冲了半天，忽然听到"砰"的一声，紧接着他感到额头一阵剧痛，他意识到，那是他的头撞到什么地方发出的响声。然后是脸，像块橡皮糖一样，似乎是贴到了一块冰冷的砖墙上，最后是整个身子烂泥一般糊了上去。

头一昏，身子往下一沉，蔡旭失去了知觉。

不知过了多久，蔡旭终于醒了过来，睁开眼一看，入眼的是吴兵和杨嵘他们，他吓了一跳，下意识地往后缩，他们怎么搅和在一起了？难道都死了吗？还是怎么了？他这一举动，惹得他们哈哈大笑起来。

宋旦旦拍了拍他的肩头说："哈哈，大头菜，你别怕，我们都是人，刚才只不过跟你开了个小小的玩笑，呵呵，没吓着你吧？"

"你们、你们是联合起来骗我的？！根本就没死人，你们是跟我闹着玩的？！"蔡旭差点跳了起来，瞪着他们。

杨嵘呵呵地笑说："是啊，是啊，刚才大家都是闹着玩的，为的就是报复你老是不参加我们的同学聚会。这么多年了，你每次回来都推有事不能前来，这次好不容易来了，当然少不了捉弄你一下了。"

"都一把年纪了还玩这个，你们也太过分了，怎么可以搞这样的恶作剧，好在我心脏好，要不然非被你们吓死不可！"蔡旭真是又气又急，看着吴兵说，"老实交代，这个鬼点子是不是你想出来的？"

"呵呵，玩玩嘛，别生气，别生气了哈，我道歉我道歉。"吴兵抱拳道，"很抱歉，给你造成了困扰。"

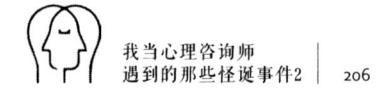

搞了半天，原来是恶作剧，蔡旭真是哭笑不得，本来满腔的怒火一下子都消失了，他轻轻踹了吴兵一下，故作生气地说："不成，光这样道歉不够诚意，要想我原谅你可以，先罚你一瓶酒再说。"

"好好，我喝我喝。"吴兵抄起桌上一瓶"小糊涂仙"，一口灌了下去。

一场装神弄鬼的闹剧就这样收了场，众人又恢复到原先热烈的气氛，喝酒吃肉侃女人，喧闹再度响起，较之前有过之而无不及。

经过这些年在外面的锻炼，蔡旭的酒量的确大了不少，但是肚子毕竟有限，又一阵猛灌后，不由有些内急，于是向杨嵘等人告辞片刻，匆忙赶往洗手间。

杨嵘看着蔡旭走出去的背影说："呵呵，这次看来把我们的大作家吓得不轻哦，刚才我见他双腿都发软了。吴兵你果然厉害，我先前还担心他不上当呢，没想到给你那么一忽悠，就真的上钩了。"

"嘿嘿，那是当然的，这个点子，我可是想了很久，各个环节都考虑进去了，蔡旭这个人其他缺点没有，就是多疑，不管什么事情，他都不会那么轻易相信，所以才会被我们骗了。"吴兵扬扬得意地说，"不过话说，我们是不是玩得有点过分哦，经这么一折腾，我怕他以后都不敢信人了！"

宋旦旦大叫道："不过分，想当年我们全班的人哪个不是被他耍得团团转，今天只是以其人之道还治其人之身而已。看他吓成这样，真是太痛快了，总算争回了当年的面子。"

其他同学也纷纷点头赞同玩得好。蔡旭当年是个喜欢恶作剧的人，他忽悠人的本事那是超一流的，几乎全班的同学，不管男生女生都上过他的当，所以大家对他都颇为忌惮，带有怨恨也是在所难免的。

就在这时，外面突然冲进来一个人，正是负责接待客人的那个年轻小伙子，他跑到杨嵘身边惊魂失魄地说："老板，不好了，你们那个蔡旭同学他……他……其实早就死了，今天上午在……在来我们饭馆的路上出车祸死了！"

杨嵘的眼睛一瞪，颇为生气地说："小刘你说什么呢？谁死了，他不是好好的吗？"

"是真的，新闻里都播放了……刚才我无聊开了电视看，没想到看到了他出车祸的新闻……"小刘一边说，一边拿起旁边的遥控器打开了包厢里的电视。

此时正好重播午间新闻，只见主持人重播一条车祸新闻："今天上午九点二十分，一辆白色的奥迪在行驶至飞虹路路段时，迎头撞上一辆重型自卸货车，导致白色奥迪车主当场死亡。经查证死者是蔡旭，系北京人，职业是某银行大客户经理……下面是本台记者发回来的现场摄影……"

杨嵘等人先是面面相觑，似乎还是不信，但当看到警察从蔡旭那辆白色奥迪里抬出一具男尸时，个个都不由惊呼出声，面如死灰。既然蔡旭早在来的路上死了，那么此时的蔡旭岂不是……

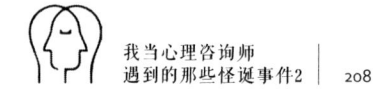

他们每个人都不敢往下想了，纷纷撒腿往外跑。结果众人刚刚跑出酒店大门，一辆急速而过的大巴车就将他们几个撞飞了。

躲在一旁的蔡旭当场蒙圈了，他出门找洗手间的时候，路过饭馆前台，正好看到刚刚接待他的小刘在看新闻，他跑过去质问小刘为什么要骗他？小刘不好意思地跟他道歉说，是老板杨嵘交代的，他不得不骗。

小刘的电脑里正播放着午间新闻，报道的是上午飞虹路上的那起车祸——一辆白色的奥迪撞上了一辆货车，奥迪车主当场死亡——那辆白色的奥迪跟蔡旭的奥迪是一个款式，看着这条新闻，他心里突然有了个主意。

蔡旭把新闻下了下来，将里面的字幕改动了一下，然后要小刘接上他们包厢里的电视，接着要小刘急匆匆去跟杨嵘说，他其实早在路上就遭遇车祸身亡了。

小刘早就知道蔡旭和老板杨嵘等人的关系，也知道他们恶作剧的事情，觉得继续恶搞一下也不错，于是便按照蔡旭说的做了。谁承想，结果竟然是这样，小刘当场也彻底傻掉了。

第四章

孙殿丽说："事情的经过就是这样。那七名死者家属了解到这件事的前因后果后,并没有找蔡旭的麻烦。但是他心里过意不去,精神大受刺激,伤心欲绝,不吃不喝,沉默不语,任凭怎么开导都没用,整个人就像是行尸走肉一样。回北京后,他就住进了我们医院,全靠输液维持生命。"

"哦,原来是这样,这事说起来也不能全怪他,毕竟他们相互恶作剧,只不过谁也没想到会变成这样。"先前听闻因蔡旭的一个恶作剧造成了七人死亡,我还有些愤怒,但是当听完孙殿丽讲述这起事件的始末后,我又不由得唏嘘起来。

"是啊,所以那七名死者家属并没有怪罪他,但是他认为是自己的过错,心里觉得内疚,过不去那个坎,于是就封闭自己。从这点来看,这个小伙子还是挺不错的,有情有义,而且人还蛮帅!"孙殿丽有些犯起花痴来。

我暗笑了一下,问:"那他后来怎么突然像变了一个人似的呢?"

孙殿丽表情夸张地说:"哎哟喂,说到这儿,我现在想起来都害怕呢!蔡旭回北京之后,就住进了我们医院,就这么过了大半个月,前两天,本来一直躺在病床上不愿动弹的蔡旭,突然下床走动了……"

孙殿丽说,当时他的父亲蔡国强正好打饭回到病房里,见到儿子下地了,开心极了,脸上乐开了花,他高兴地说:"你终于愿意下床啦,怎么样?身体无碍吧?肚子饿了没?我这里有饭,刚刚打回来的。"说着,将盒饭递了过去。

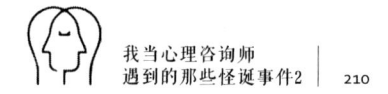

蔡旭没有接，径直走到储物柜里拿出他的衣服，开始换身上的病号服。蔡国强于是问："你是要出院了吗？"

"嗯，我要回家了。"蔡旭应了一声。

"啊！你终于愿意开口了，你知道吗，这些日子以来，我都急死了……好在现在什么都过去了……"蔡国强一听蔡旭愿意开口了，喜极而泣，忍不住老泪纵横。但蔡旭没有吭声，穿好衣服后，就走出了病房。

蔡国强惦记着儿子，将手上的饭盒一放，追了上去，他跟在蔡旭的后面，一边走一边问："你的身体真的没问题了吗？不用请医生再过来看看吗？"

蔡旭依然没有回应，自顾自地走着。蔡国强见此，心想估计是儿子心情还没有完全好起来，不想多说，他只好不再多问。

二人很快出了医院，外面正好有一辆出租车停在一边，蔡旭上了车，蔡国强也想跟上去，但是突然想到出院手续尚未办呢，账也还没有算，这走还是不走呢？眼看出租车就要开了，他不再多想了，拉开车门钻了进去。

出租车开动了，司机问："去哪儿呀？"

蔡国强说："梨园。"

蔡旭说："火车南站。"

二人几乎是同时说出两个不相同的地方，司机还以为自己听错了，又问了一句："去哪儿？"

蔡国强说:"梨园。"

蔡旭说:"火车南站。"

二人说完,面面相觑,司机一听蒙圈了,将车停在路边,扭头看着二人说:"二位能不能先商量好要去的地方啊,你们这样一人一个地方,我不知道要去哪儿。"

蔡国强问蔡旭:"不是说回家吗?你去火车南站干吗?"

"就是要回家啊,坐火车回家啊!"蔡旭奇怪地看着蔡国强说,"你是谁啊?为什么老跟着我?"

"我是你爸啊,小子,你病糊涂了吧?爸你都不认识了。"蔡国强像看外星人似的看着蔡旭,觉得儿子莫名其妙,难道真的病傻了?

蔡旭一听怒了,生气地说:"滚蛋,我爸早死了,你他妈到底是谁?"

"我就是你爸啊,你怎么连爸都不认识了,你怎么了,难道真病糊涂了?要不回医院看看?"蔡国强担心地说着,想用手摸一摸蔡旭的额头,想看看是不是发烧了。

"滚开!"蔡旭拍开蔡国强的手,指着他的鼻子说,"你个老不死的,你再敢说是我爸,看我不揍你,你他妈有病吧,有病就别出来瞎晃悠,赶紧在我眼前消失,不然给你拿拿龙(修理你)。"

"我……"

蔡国强想说点什么,但是被蔡旭抢了白:"我什么我,赶紧下

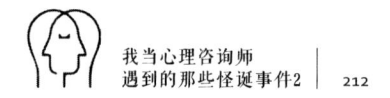

车滚蛋，老子赶时间回家，再不走，我真抽你了啊！"

蔡国强闻言，心里既心疼又伤心，儿子从来没这么跟他说过话，难道真是病傻了？他柔声说道："孩子，要不……"

"我靠，我看你个老家伙，真是活得不耐烦了！"

蔡旭一把抓住蔡国强的衣领，就想打他，幸好司机一看不对劲，连忙拉住说："哥们儿，有话好说，别打人，打人不对，打老人更加不对！"

"靠，看在你是老人的分上，老子不跟你计较，不然有你好受。"蔡旭松开了蔡国强的衣领。

司机见情况有所缓解，看着二人问："你们俩到底啥关系啊？"

蔡国强说："我是他……"

"嗯？"蔡旭的大眼睛瞪了过来。

蔡国强见他这般凶神恶煞的模样，后面的话硬生生吞了回去。

司机对着蔡旭问："那哥们儿，你先说吧，你是谁？"

蔡旭回答道："我叫杨嵘，天津人。"

蔡国强一听，心里一哆嗦，摆手道："不不不，你不是杨嵘，你是蔡旭，你是我儿子蔡旭。"

"你还敢说，我……"蔡旭说着又想动手。

"哥们儿，别动气，别动气，我看这其中肯定有误会，我来问问。"司机一把拉住蔡旭，然后扭头问蔡国强，"老人家啊，你是不是认错人了啊？为什么说他是你儿子啊？你是谁啊？"

"我叫蔡国强,就咱们通州的,他就是我儿子啊,我们刚才从医院出来呢,我怎么可能认错呢?!半个月前,他在天津出了一些意外,回来之后就不吃不喝不说话了,躺在病床上一动不动,全靠在医院里输液维持生命。今天我见他下床走路而且还说话了,还以为他好了呢,结果他……"看到儿子这般对自己,蔡国强的心里不是滋味。

司机又重新打量了二人几眼,然后跟蔡旭说:"哥们儿,我看你们两人长得有几分像,而且我的确是从医院载你们上来的。你看你的衣服都还没有完全穿好,看来是走得急,你再好好想想,到底怎么回事?"

蔡旭见司机也这么说了,也觉得有些不对劲,他看着蔡国强,有些痴痴地问:"我真的叫蔡旭?"

"是啊。你就是蔡旭啊,你好好想想,你怎么突然自称是杨嵘呢?杨嵘不是已经死了吗?"

"杨嵘死了?怎么可能呢?!我就是杨嵘啊!蔡旭……杨嵘……杨嵘……蔡旭……我想想……我想想……"蔡旭一脸蒙圈,挠头苦想着,突然眉头紧皱,抱着脑袋直喊疼,"我头好痛……好痛……"整个人在车里晃来晃去。

蔡国强和司机都吓坏了,司机跟蔡国强说了一句:"老人家,你扶着他点,别让他把头给撞破了,我现在马上将车开回医院。"说完,开着车忙掉头往医院走。

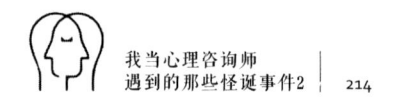

他们本来就没开多远，掉头回来只用了短短两三分钟的时间，但是蔡旭却已经痛得晕了过去。在司机的帮助下，蔡国强背着蔡旭回到了病房，然后叫来了主治医生白大夫。

白大夫当即给蔡旭做了一个全面的检查，但是并没有发现任何异状，各项指标都正常。没过多久，蔡旭就醒了过来，蔡国强一见大喜，忙凑过去说："儿子，你醒了，怎么样？好点没？"

蔡旭的眼神有些涣散，似乎还没有完全醒过来，他问："我在哪儿？"

"你在医院里，你头还疼吗？你有什么不舒服的，可以跟白大夫说，他就在你身旁……"

蔡旭四下打量了一下，眼睛有点神了，他"哦"了一声，然后看着蔡国强说："我没事，我为什么会在医院里呢？还有，你是谁？"

蔡国强一听心里咯噔一声，他忙问："儿子，你怎么了，你又不记得爸爸了吗？"

"您是我爸？老人家您别逗我了，我爸早去世很久了，这个玩笑一点也不好笑。还有啊，我不是男的，我是女的，我叫宋旦旦，您贵姓？"蔡旭尖着嗓子，一本正经地说。

蔡国强彻底蒙圈，他一脸焦虑地看着白大夫，问："医生，您再帮忙看看我儿子，他到底怎么了啊？刚刚他说自己是杨嵘，现在又说自己是宋旦旦，可是这两个人早在半个月前都去世了，我儿子怎么会突然变成他们，这该不会是鬼上身吧？"

"老人家你先别急，我再给他检查检查。"白大夫安慰着他说，然后伸手摸了摸蔡旭的额头，又拿出听诊器想听一听他的心跳。

结果白大夫的听诊器刚刚往蔡旭的胸口一放，他顿时条件反射般将医生的手推开，尖叫着说："医生，我是个女孩子耶，你怎么可以这样子！！！"

"看来你真是病得不轻了啊，自己是男是女都分不清了。安静别动，让我听听你的心跳。"白大夫说着想继续将听诊器放到他的胸口。

蔡旭一边拼命阻挡，一边大叫着："非礼啊，非礼啊！"

白大夫有些生气，怒道："你瞎叫什么啊，明明自己是个男的，你装什么女人，你要是再不配合的话，我可就要让护士打镇静剂了啊。"

"医生你可真没眼力啊，我就是个女的啊，只是我的外表长得像男的而已，朋友都叫我'假男人'，你看我是没有喉……"说着他昂起头，摸着自己的脖子让医生看，结果他真的摸到了喉结，后面的话硬生生给吞回去了，他有些不敢相信，又摸了几下自己的喉结，叫道，"这怎么可能？！"

他又下意识去看自己的胸，忍不住大叫了一声，然后用手去摸自己的下身，他的尖叫声更大了，一副像见了鬼似的表情，大喊大叫起来："天哪！我怎么成男的了？到底怎么回事？"说着

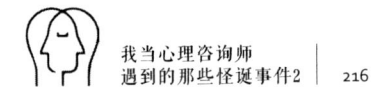

想要下床。

白大夫见他闹得厉害,怕出什么事,忙跟旁边的护士说:"赶紧给他打一针镇静剂。"

护士按照白大夫的话,给蔡旭打了一针镇静剂,他这才慢慢安静下来。可是安分下来的蔡旭又发生了奇怪的现象,他突然又像木头人一样,双眼呆滞,躺在床上一动不动,恢复他封闭自己时的状态。

白大夫忙给他做了深入的检查,结果出来后,显示各项指标均正常,但是蔡旭却没像先前那么活蹦乱跳起来。

蔡国强有些急了,追着白大夫频频问道:"我儿子怎么了,怎么突然不动了?刚刚还是好好的呢,是不是那一针把我儿子打坏了?"

白大夫反问道:"你真觉得刚刚你儿子那样是好的吗?"

蔡国强想到先前儿子一系列匪夷所思的举动,他不由得打了个寒噤,倒吸了一口气,说:"我儿子下床走路后,先后自称是'杨嵘''宋旦旦',但是这两人都已经死了啊,莫非他们阴魂不散上了我儿子的身?"

"不可能!这个世界上是没有鬼的,哪可能有鬼上身!您老别瞎猜!"白大夫断然否决了蔡国强的这个说法,他想了想,接着说道,"你儿子全身我都检查过了,身体没什么大碍,应该是精神上出了问题,我想他应该是因为上次那件事受的刺激太深,精神有些分裂了吧。您先别急,我给他的头部拍个片子看看。"

蔡国强的话虽然就这样被白大夫压下去了,但是同病房的病人却并不这么看待,相互绘声绘色地传播着"蔡旭鬼上身"的事情,很快整个医院都传遍了。

第五章

孙殿丽说完后,带着我找到了蔡旭的主治医生白大夫,相互将我们二人介绍了一番。

白大夫是个戴着一副黑框眼镜的老学究,一听我们中心的名字,眼睛一亮说:"你们中心我知道,在国内很有名气,赵璇女士更是如雷贯耳,想不到她竟然是咱们医院的特邀专家。欧阳心理师,你过来了,我就放心了,说实话,蔡旭这名患者,我真是彻底没招了,我给他做了各种检查,像什么脑电图啊,脑部扫描啊,但是结果显示都处于正常。你说奇不奇怪,按理说,精神分裂的人,脑部会萎缩或者大脑第三脑室会扩大,但是他没有。"他边说,边指着墙上挂着蔡旭脑部扫描的 CT 图给我看。

我看了一眼,CT 上果然没有任何异样,我说:"从脑部萎缩或者大脑第三脑室扩大来判断是否患有精神分裂只是学术上的讨论,并不能直接作为参考指标。对了,白老师,刚刚听孙护士长

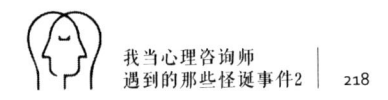

说，蔡旭先后分裂出了两个人，一个叫杨嵘、一个叫宋旦旦，不知后来他可还有什么异常不？"

"到目前为止，就只有这两人，之后他就恢复了入院时的状态，任凭我怎么问，他都不说一句话。随后我给他做了各种检查，但是都找不出病因，实在没法了，只好向院领导求救，现在总算盼到你来了，接下来，欧阳心理师就拜托你了。"

"白老师，你太客气了，你叫我子瑜就成。刚刚孙护士长将蔡旭的情况都一一跟我说了，说实在的，听完后，我也觉得有些棘手，也不知道能不能帮上忙。"

听他们二人说了那么多关于蔡旭的事情，我真有些迫不及待地想见见他，客套话说完后，于是我要白大夫带我去蔡旭的病房。

"蔡旭鬼上身"的传言传出去后，闹得医院上下沸沸扬扬，为了不让事件扩大，医院特别给蔡旭安排了独立病房。

见到蔡旭后，我终于知道为什么像孙殿丽这样的老油条也会犯花痴了。蔡旭长得确实挺帅的，五官端正，棱角分明，身材匀称，眉宇之间有一股英气，若不是像植物人一样，躺在床上一动不动，双眼呆滞地看着天花板，活脱脱像是从古代穿越而来的江湖侠客。

蔡国强见了白大夫，凑过来问："白大夫，我儿子到底怎么了？"

"你儿子的身体并无大碍，主要是精神上出了问题。"白大夫指着我，继续说，"这位欧阳心理师是特邀过来专门治疗你儿子的，别看他年纪轻，他可是来自咱们国内最顶尖的心理咨询中心。你就放心吧，相信用不了多久，你的儿子就会好起来的。"

闻言，蔡国强拉着我的手，满怀期望地说："那真是太好了，欧阳心理师，你帮忙救救我儿子啊。我就这么一个独子，他要是有什么事的话，我也不想活了。"说到最后，语调都有些哽咽了。

我拍了拍他的手，说："老人家，别难过，我一定尽力而为。"

我最受不了老人这样，心里更觉得责任重大，看着床上的蔡旭我问白大夫："白老师，这些天，你们可对他用过啥药物没？"

白大夫回答道："没有，他身体机能一切正常，并未发现什么问题，所以我不敢乱用药，只是交代护士像入院时那样每天按时给他输营养液。"

我点点头，走到蔡旭的床头，在他眼前晃了晃手，他没有任何反应，我轻轻叫了他几声，他也没有吭声。我继续问白大夫："他每天就像现在这样一动不动吗，大小便都不能自理吗？"

"是的。除了眼睛还会动之外，基本上跟植物人没啥区别。"

"那他晚上睡觉吗？"

"睡，跟正常人一样，每天晚上差不多十点左右就闭眼睡了，第二天早上七八点醒来，然后又跟前一天一样周而复始。"

"嗯，给他做过脑磁共振没？"

"之前做过，没发现问题。"

"要不再给他做一个。"

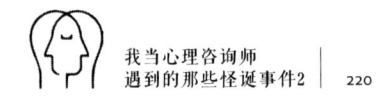

"也成,毕竟他前不久分裂过,如果是神经有问题的话,脑磁共振片上的血管神经更容易看清。"

于是我们将蔡旭推进了拍片室,正要将他放进脑磁共振仪器里时,本来一直呆若木鸡的蔡旭,突然像回魂似的坐了起来,把我们吓了一大跳!

直挺挺坐起来的蔡旭,看着我们,一脸蒙圈地问道:"你们这是想干吗?"

我第一个反应过来,因为听了之前他分裂的情况,我反问他:"你知道你自己是谁吗?"

"我是'吴兵'啊!"蔡旭向四周看了一下,不解地说,"我为什么会在医院里?究竟出了什么事?"

果然又分裂了,幸好我反应快,为了弄清蔡旭是如何分裂的,我决定先不打草惊蛇,我引导道:"你难道忘了自己是怎么来的了?那你还记得些什么呢?"

蔡旭低头想了想,说:"我记得我跟一帮大学同学一起聚会,因为另外一个老同学蔡旭老不参加,这次好不容易来了,于是我们几个恶作剧整他,结果最后反被他整了。我吓得跑到了饭店外面,接着就看到一道白光,然后就没意识了,直到现在我醒过来。难道我是出车祸了吗?所以被送进了医院?"

"是的,就是这样,你出了车祸,被送到医院,我们正准备给你做个脑磁共振,看你大脑受伤没有,然后你就醒过来了。你还好吧？车祸之前的事情，你还记得多少？"

"这个，我还真不记得了，我只记得车祸前我跟老同学聚餐时的情形，其他的，我好像都想不起来了。"蔡旭又想了想，眉头微皱，突然他紧张起来，对着我问，"医生，我该不会是失忆了吧，以前的事情，我怎么什么都想不起来了呢？"

我怕他这一急，分裂出来的"吴兵"突然走了，于是宽慰着他说："你别急，这么着，你先安静躺下，我们给你做个脑磁共振看看你脑袋里的情况，是不是有瘀血压住了神经？"

"好的。"蔡旭乖乖地躺下了。

或许是因为我们没有惊动蔡旭，脑磁共振做完后，他依然还是"吴兵"的状态，这让我们有些兴奋，将他推回病房后便迫不及待地开始跟"吴兵"聊了起来。为了便于后面资料的整理，我暗地里将手机调成了录音状态。

我问蔡旭："你现在还是什么也想不起来吗？"

"是的，医生，我好像真的失忆了呢，只记得同学聚会，除此之外，就什么也不记得了。"蔡旭一脸苦恼地说。

"你先别急，我们一点一点来回忆，你还记得你今年多大了吗？"

"二十七岁。"

"在哪上班？"

"天津××公司。"

"具体地址你知道吗？"

"不记得了，只记得是中山门那一片。"

"你老家是哪儿的？"

"我就是天津本地人。"

"哪个区的？"

"河东区。"

"你家具体地址你知道吗？"

"忘了。"

"你家里的情况你还记得吗？"

"我是家中独子，父母俱在，尚未结婚。"

"你父母的名字叫什么？"

"这个……我也不记得了。"

……

第六章

  我们就这么一问一答，对了十几个问题，越到后面，蔡旭越答不上来，他也越发急躁。我担心"吴兵"一气之下消失了，不敢冒进，停止了对话，宽慰地跟他说："想不起来也没关系，慢慢地你自然会想起来的，你先休息一下。"

  本想让他好好休息一下，我趁机整理一下他的回答，结果他接下来问了一句："对了，光顾着想我自己的事了，我的那帮老同学怎么了？"

"他们……"真是哪壶不开提哪壶，我不知道该照实说呢还是先敷衍他一下。

"他们怎么了？"蔡旭的脸色有些变了，急切地追问道。

"他们都不同程度地受了一些伤，但是问题不大，正在接受治疗。"为了治疗蔡旭，我决定撒个谎先拖着"吴兵"，然后从"他"身上寻找突破口。

"哦，那我就放心了，我还以为就我一个人没事呢，我可以去看看他们吗？"

"恐怕目前不成，老实跟你说吧，你们当中就你的伤势最轻，基本上没啥大碍。他们可就没那么幸运了，得配合医院治疗，暂时不方便见人。"

"哦，这样啊，那好吧。"蔡旭略有些失望，他接着问，"我父亲……"

就在这时，白大夫出现在病房门口，他对我说："子瑜，你出来一下。"

他来得正是时候，再被他这么追问，我都不知道如何接下去了，我跟蔡旭说了一句："你刚刚醒来，肯定很累了，先好好休息一会儿吧，估计是你脑磁共振的片子出来了，我先去看看，等下再来找你。"

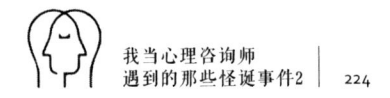

说完，我快步走到门口，偷偷将手机录音关了，然后问白大夫："是片子出来了吗？"

"嗯，片子在隔壁办公室里，我带你去看看。"白大夫说着，将我领到了隔壁办公室，然后拿起桌上的片子递给我说，"子瑜，你看，上面显示他的脑子完全正常。"

我接过一看，果然如此，其实这早在我的意料之内。我之所以提议给蔡旭再拍个脑磁共振，就是想确认他并非脑子里的器官出了问题，而是精神上的障碍。

我说："那就好，只要确定他是精神上的问题就好办了，原本我想利用治疗植物人的办法先将他唤醒后再引导他，现在他醒了，省了我不少工夫。虽然他分裂成了另外一个人，但是他这样总比一直是植物人好下手。另外根据刚才我跟他的对话来看，他分裂出来的这个'吴兵'，其实并不具备完整的人格，只是知道一些真实吴兵的基本情况，再深入一点的就不知道了，而且记忆只停留在他们聚会里。我猜这估计是蔡旭本体人格因内疚沉睡了起来，而关于他那些同学的印象变成了次人格冒了出来。"

白大夫点头称是说："应该就是这样，这个'吴兵'甚至连自己家里最基本的情况都说不全，估计是蔡旭跟真实的吴兵毕业后就没什么联系，所知甚少。现在既然已经确认他并非脑子里的器官出了问题，接下来是不是应该给他点奋乃静等抗精神病的药物？"

"我觉得暂时最好不要用药，他这种精神分裂啊，不像其他人的精神分裂，有幻听、幻想、幻视或其他意志行为障碍，若是用药物消亡了他的次人格，他主人格上来了，又要恢复到之前植物人的状态了。不妨先让我通过催眠找到他的主人格，然后看看能不能将它唤醒过来……"我正说着，外面突然响起一阵吵闹声，打断了我的话。

我和白大夫对视了一眼，二人正欲走出去看看，这时候一个护士跌跌撞撞跑进来说："白大夫，蔡旭病房的洗手间钥匙在你这里吗？蔡旭将自己锁在洗手间里，不肯出来，原先里面还有一些动静，现在一点声息也没有，我怎么叫他也不吭声，他会不会在里面出事啊？"

我和白大夫一听都大吃了一惊，白大夫翻出了钥匙，我们火速前往蔡旭的病房，白大夫一边走一边问护士："刚刚到底发生什么事了？你说清楚一点。"

护士惊魂未定地说："您和欧阳心理师走了后，蔡旭下床去了一趟洗手间，不知怎么的突然在里面又喊又叫，嘴里念叨着：'这不是我，怎么会这样？'我敲门问他怎么回事，他大叫着'你们骗我'。然后就开始砸东西，接着就没动静了。我在外面喊了半天都不见他答应，担心他出事，于是就赶紧找您要钥匙了。"

说话间，我们已经来到了蔡旭的病房。白大夫匆忙将洗手间的门打开，门一开就看到蔡旭倒在地上一动不动，镜子碎了一地，还掺杂着些许血迹。

见状，我和白大夫还以为出什么大事了，忙将他扶了起来，一看，稍微松了一口气，他只是昏过去了，右手血迹斑斑，但是问题不大，墙上的镜子应该就是他用手打烂的。

我们二人联合起来将蔡旭扶到了病床上，白大夫不放心又简单检查了一下他的情况，确定无碍后，白大夫跟我说："他估计在洗手间里发现自己并不是真正的吴兵，不敢相信自己的眼睛，一拳打碎了镜子，以为我们骗了他，气极攻心晕过去了吧。"

我点点头说："嗯，估计就是这样，他分裂出来的人格极为不稳定，这是个好事，也是个坏事。好的来说，这种不稳定的人格在早期比较容易消灭；坏的来说，后面估计他会分裂得更频繁，看来我得早点给他做深沉的催眠。"

"要不现在我们将他唤醒？"白大夫建议道。

我想了想说："我觉得还是让他自然醒吧，万一他醒来又恢复了原先植物人的状态，会好一点。"

蔡旭这么一晕，睡到了晚上十点多依然没有醒来，本来当天我打算回家的，但是考虑到他的不稳定，说不定半夜会醒来，所以决定当晚就住在他的病房里，进一步观察。

我没有猜错，夜里，我正睡得香，突然被蔡旭叫醒，睁眼一看，就看到蔡旭坐在床上冲着我问："医生，我怎么会在这里？"

一听这话，我一个激灵彻底醒了。我问他："你知道你是谁吗？"

"吴兵啊，怎么了？"蔡旭一头雾水地看着我说。

看来他又分裂了，我心中暗喜，爬了起来，走到他的床头，安慰他说："没事，没事，你出车祸了，你知道吗？"

"哦哦哦，原来我是出车祸了，难怪头有些痛呢！"蔡旭摸了摸自己的头，接着说，"我的那帮老同学还好吧，就我一个没事吗？"

"他们都很好，不过都或重或轻受了一些伤，你回想一下，除了记得自己的姓名之外，你还能想起什么，在你昏迷的时候，我们给你拍过片子，发现你脑里有血块，估计会影响到你的记忆力。"我开启了我的忽悠，为给他深度催眠做好铺垫。

"哦，我想想啊，我叫吴兵，今年二十九岁，是河北保定人，在天津××公司上班，父亲叫吴大伟，妈妈叫……我有个弟弟，叫……叫……"蔡旭挠着头，想了半天，说不下去了，他眉头紧皱，"我好像真的失忆了，医生，怎么办啊？"

"别急，我们早就有对策了。我先给你做个深度催眠，将你封藏起来的记忆唤醒，然后给你开一些药化了你脑里的瘀血，这样双管齐下后，你的记忆就会恢复了！"我继续忽悠他说。

蔡旭果然上当，迫不及待地说："那你赶紧给我催眠吧，我可不想就这么失去那些宝贵的记忆！"

闻言，正中下怀，我当即给他催起眠来，我先将蔡旭这个分裂出来的"吴兵"催眠进入沉睡状态后，然后叫着他的名字："蔡旭，蔡旭，你在吗？"

起初蔡旭一点反应也没有，在我叫了七八声之后，终于一个有气无力的声音从他嘴里吐了出来："谁叫我？"

我大喜，忙说："你好，我是心理咨询师欧阳子瑜，是你爸请我过来的，蔡旭，你为什么将自己封闭起来？"

"我还有脸活着吗？我害死了我最好的哥们儿，七条人命啊，我干脆死了算了。"蔡旭自责地说。

我宽慰他说："整个事情的经过你爸都跟我说了，其实这事也不能全怪你，谁也想不到后来会发生那种事，你也别那么内疚。另外你那些朋友的亲人也没有怪罪你的意思，你这样躲起来也于事无补，不如勇敢站出来面对一切，你的家人需要你，你爸连日来操碎了心，整天为你泪流满面。你不为你自己考虑，也得为你的家人考虑……"

我的话还没说完，蔡旭已经老大不高兴地打断说："我听够了这些废话，你别再来烦我，就让我自生自灭吧。"说完，他就不说话了。

我轻叫了他好几声，他都没有吭声，我不甘心，又叫了两声，突然蔡旭嘴里一个凶巴巴的声音冒出来："你谁啊？为什么老在我耳边吵？"

听声音跟刚才蔡旭的声音完全不同，也跟之前的"吴兵""宋旦旦"不一样，我心想莫非其他次人格又上了，于是问："你是谁啊？"

"我是宾峰。"那个声音回答道。

果然蔡旭的次人格又冒上来了，跟这些次人格聊是聊不出什么名堂的，我忙道歉道："不好意思，不好意思，吵着你了，你休息吧，我保证不会再吵着你了。"

那个声音不吭声了，我见蔡旭不愿意出来，而催眠时间也够久的了，再继续下去也没啥用，于是呼唤着把"吴兵"给唤了回来，并稳住了他。天亮之后，我请了蔡旭的父亲进来，将蔡旭的情况如实告知，然后借"吴兵"通过催眠将蔡旭沉睡的主人格唤醒，让蔡国强劝说他的儿子。

蔡国强亲自出马劝说，比我的效果来得好。蔡旭的主人格虽然还是不愿意出来掌控大局，但是好歹不像之前那样说不到几句就沉睡了。

为了让蔡旭彻底走出内疚的怪圈，我又请了杨嵘、吴兵、宋旦旦等人的家属前来劝说，经过大半个月的晓之以理动之以情的规劝，蔡旭的主人格终于愿意出来了。

蔡旭的情况，就是因为内疚自我封闭起来，然后他朋友的那些记忆幻化成了次人格轮流冒上来掌控意识，所以只要他的主人格愿意出来，那么他所有的次人格就会全部消失，而他本人自然也就苏醒了。

蔡旭的这件事虽然看似很简单，却是我从业十年以来遇到的最诡谲的一桩心理障碍，至今想起来依然觉得不可思议。

NO. 07

女子觉得自己是个僵尸

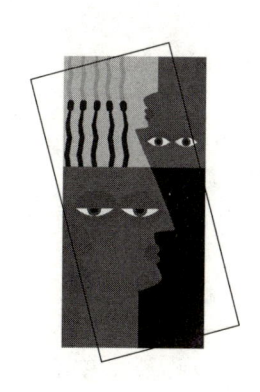

案例编号：120841209			
姓名	毕云曼	职业	白领
性别	女	婚姻	未婚
年龄	25	住址	北京房山区
症状情况	女人因缺爱，感觉不到自己的存在，以为自己早已死去，是一具行尸走肉，爱上了坟地，不时在坟场里睡觉，被人误解为专喝人血的吸血鬼		
治疗结果	成功		

第一章

相信看过美剧《行尸走肉》的人，对丧尸不会感到陌生，那么现实生活中是否真的存在丧尸或者僵尸呢？答案是不存在。不过有"僵尸综合征"，这种症状又名"行尸综合征"，或者"科塔尔综合征"，命名来自第一个介绍这个心理疾病的法国心理医师。

患有这种病症的人并非是真正的僵尸，但是他们感到自己正在死去，或者五脏六腑已经被掏空，即使正和外人说话也不认为自己是活着的。

感觉很科幻对吧，在我从事心理咨询这么多年里，关于这种罕见的心理疾病只遇到过一例，如今想来依然感到不可思议。

那天上午我正得闲，于是跑到了安翠芳的办公室里找她有的没的瞎唠嗑，不时说点小笑话，逗得她咯咯大笑。安翠芳本来就很美，笑起来的时候更美，看得我都有些发痴了。

我们正聊得开心，结果张哥大煞风景地跑了过来，朝我招了招手,说:"小子,回来一下。"

"找我干啥?"我没有动,被他搅了好事,心情有些不爽。

"少废话,赶紧过来,姨妈找咱们俩。"

我本来是不想搭理他的,但是一听姨妈找,快步走了过去,走出门口后,我又探身回过头,跟安翠芳说了一句:"安安,我先忙去了啊,有空再来找你玩啊。"这才依依不舍地跟着张哥走了。

张哥看不惯我这样,戏谑地说:"啧啧啧……好个深情款款,只可惜落花有意随流水,流水无情恋落花……"

"我呸,你个乌鸦嘴,你就看不得我好是吧,改天我追上安安给你看。"

"你就吹吧,你这句话,我都已经听了快两年,耳朵都起茧了,也不见安翠芳成为欧阳夫人。"

"哼,早晚有一天,你就等着吧。"

"我等着呢,等到天崩地裂,等到黄河逆流,我看你还是没戏。"

"滚蛋。"我给了他一肘子,不想再跟他瞎掰了,转换话题问,"知道姨妈找咱们干啥不?"

平常姨妈都不会找我的,会不会是这老小子说我啥坏话了,于是又补了一句:"张哥,你该不会打我小报告了吧?"

张哥斜视了我一眼,不爽地说:"打你小报告?我靠,我在你心目中就那么阴暗?再说了,你有什么小报告可打的?"

我打着哈哈说:"嘻嘻嘻,张哥,你这么说,我就放心了。别

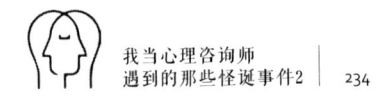

生气啊，我并不是说你给我穿小鞋，我主要是怕姨妈找我麻烦啦，抱歉抱歉，你别往心里去！"

"切！"张哥一副鄙视的表情。

"那个啥，张哥，你说我对安安来个'霸王强上弓'，她是不是就会从啦？"看他这样，于是我又将话题拉回安翠芳的身上，好让他损我两句开心开心。

"哼，你不怕她将你打出屎来，你就上吧。"

"那又怎么样，哼，打是亲骂是爱！"

我话音刚落，张哥突然撂了一腿，差点将我撂得四脚朝天。

我好不容易站住身子，一头雾水地问："干啥？干啥？"

张哥奸笑地说："你不是说，打是亲骂是爱吗，那么爱到深处自然是用脚踹呗，我再来踹踹你……"说着，还想继续撂倒我。

"你有病吧。"我连忙躲开。

这个时候，姨妈正好从办公室里走出来，我这一躲差点跟她撞了个满怀，幸好我眼明手快，及时在她跟前刹住了脚步。我笑着跟姨妈问了个好。

姨妈瞟了我一眼，又看了一眼张哥，跟我说："子瑜，你又在闹张勋了吗？"

"姨妈，您这可冤枉我了，我哪敢闹张哥啊，一直都是他闹我。"我忙辩驳地说。

"人家张勋成熟稳重，哪像你整天疯疯癫癫的，怎么可能闹你，你少拿他当挡箭牌，他人好，不说你，你当我老眼昏花不知道你，快进来！"姨妈半点也不信我，一心向着张哥，说到最后，措辞还挺严厉。有时候我真不知道她究竟是我的姨妈呢，还是张哥的姨妈。

我怕挨说，不敢再多嘴，狠狠瞪了一眼张哥，跟着姨妈进了她的办公室。一进屋，张哥就问："赵总，找我和子瑜有什么事呀？"

姨妈没直接回答，反而问我们："前段时间，房山'无脸女人'的事情你们听说了吗？"

我向来对这种猎奇内容最感兴趣了，这事我自然知道，抢先回答道："姨妈，是那个××报记者上山抓鬼的事情吧，知道知道，最近这件事闹得沸沸扬扬的。其实阎村后山的无脸女鬼传闻早几年前就开始流传，说她经常出没于坟地之间，专以吸食人血为生，亦有不少人见过，但是一直以来都当是市井传说。只不过这次见到她的人是一名报社记者，并刊登见报了，所以一下子就火起来了。那个女人并不是鬼，只不过是得了'科塔尔综合征'，以为自己是个死人，迷恋上了坟地，所以经常出没于坟地。"

姨妈看了我一眼，笑了一下，然后说："知道得倒挺多的，那你说说这个'科塔尔综合征'是怎么回事？"

见姨妈笑了，我更来劲了，像小学生回答老师问题似的认真作答："'科塔尔综合征'，命名来自第一个介绍这个心理疾病的法国心理医师，患有这种病症的人并非真正的僵尸，但是他们感到自己正在死去，并有一些患者甚至真的走向了死亡。这种罕见的精神错乱被认为是大脑中负责认知面部的区域和与认知有关的感情区域断开所致，即认为自身的躯体和器官不复存在，是一种精神疾患。他们停止进食，觉得食物对于死人毫无意义。患者从镜中无法认识自己的面容，即使他们知道镜中的那个人就是自己。这些人可能认为，他们已不存在，或他们的大脑还活着，但身体正在腐烂，或他们已经失去了血液和体内器官。"

"如果有这样的病人交到你手上，你会如何治疗呢？"姨妈似乎有意考验我的能力。

我说："'科塔尔综合征'是一种非常神秘的病症，目前认为其发病机制多和大脑顶叶及前额叶大脑皮层有关，然而其发病的确切机制尚未明确，有人认为此病的发生是由于服用部分神经类药物影响脑部新陈代谢所致，也有人认为这是一种极度严重的抑郁症，可让患者自身产生'虚无幻想'和'精神分裂'的症状。具体情况具体对待。"

"那如果是'无脸女人'呢？"

我想了想说："我记得那篇报道说她是因为父母离婚，让她受到了非常大的刺激，于是患上了此病。我猜想她的病根应该是缺爱所致，多给她一些爱，我想对她会有帮助。"

"看你说得头头是道，好吧，本来这个案子想交给你和张勋一同处理，现在我改变主意了，我将案子交给你单独去处理，你有信心治好吗？"

"有！"我自信满满地回答道，"保证完成任务。姨妈，这个案子的情况是怎样的啊？"

"刚才不是说了吗，就是'无脸女人'。"

"啊？新闻报道说，她不是在房山××医院接受治疗吗？怎么，她要转到咱们中心来吗？"

"是的，那家医院给她治疗了一个多月，但是不见好转，负责治疗她的那名主治医生正好是我的一个朋友，他建议她来咱们中心试试看。"

"哦，这样啊，没问题，姨妈，您就放心交给我吧。"

姨妈问张哥："你认为呢？"

张哥回答道："'科塔尔综合征'确实比较罕见，目前没有专门治疗的办法。'无脸女人'的事，我也略有耳闻，根据报道所说，她的病情的确跟她父母离婚有关，因为现在的资料太少，暂时不好下结论。不过赵总，你让子瑜去试试也好，他的理论知识还是很扎实的，缺的是经验，多让他接触点这种极端案例，他就会越快成熟起来。"

"OK，你都这么说了，我更加没意见。子瑜，这案子归你了，好好做哦，别让我失望。下午来访者就会到，你负责接待。"

"好的。"

从姨妈办公室里出来后，我对着张哥竖了个大拇指，赞扬道：

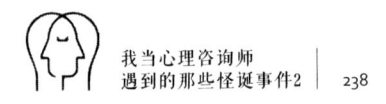

"张哥，谢谢你刚刚仗义执言啊。"

张哥淡然地说："不用客气，我也没说啥。"

"呵呵，若不是你那一句，姨妈估计也不会这么轻易将这个案子交到我手上啦，今天真是太开心啦！"

"你真的觉得我是在帮你吗？"

"不然呢？！姨妈本打算要你和我一起去的，你要是去了，我还有啥搞头，只有你不去，我才有机会表现！"

张哥斜视了我一眼，说："你真以为自己能搞定这件事？！"

"那是，不就是个精神分裂吗，这又不是啥难事！"

"我真是欣赏你的天真。"张哥轻轻摇了摇头，说，"你也不想想，房山那家医院自己本身就有精神科，口碑还不赖。他们主动打电话向姨妈求助，那么说明该事极为棘手，这也是姨妈说要咱俩一起去处理的原因。你主动请缨，我乐得逍遥，正好看你如何出丑，到时候我就有借口，叫姨妈将你重新调回我的身边，当我的小跟班。嘿嘿嘿……"说到最后，张哥无耻地笑了。

"我就说，平常有功拼命抢着去，今天咋良心发现了，原来是在给我下套子！"我恍然大悟，但是我心里一点也不生气，"哼哼，无所谓啦，反正我觉得自己有把握将这事办妥，正好可以借用这个案子，提转正心理咨询师，对对对，正好可以提转正的事，转正后，就可以有更高的月薪啦，我就可以从你那儿搬走啦！"

"既然话说到这个份上了，子瑜，咱俩就对赌一下，如果你没有我的帮忙,成功处理了这个案子,那么你转正心理咨询师的事情就包在我的身上,反之,你就调回到我的身边,当我的小跟班,如何?"

"赌就赌,谁怕谁,就这么说定了啊!"

张哥邪魅地一笑,说:"好!小乖乖,爷等着你回来伺候啊。"说着,他给了我几个摸头杀,然后跑了。

"张勋,你个老小子,我看你是不想活了,敢摸我的头,你别让我逮住,逮住了,我不把你打出屎来,算你拉得干净!"我骂骂咧咧地追了上去。

第二章

关于"无脸女人"一事,在这里很有必要交代一下,那件事情可以用简单的一句话来概括:房山出现吸血女人,报社记者上山抓鬼不料真相是个心理疾病患者。

由于事件有些玄乎,而结局又过于喜剧,爆料出来后,顿时刷爆了整个网络,可谓是轰动一时,事情经过是这样的:

北京××报有一个叫陆文龙的记者,前几天应邀出席了朋友郭磊在阎村的婚宴,同桌的人都是朋友的朋友,虽然有些不认识,但众人相见甚欢。当晚酒足饭饱之后,他正欲回去,结果被同桌两个郭磊的朋友拉住做见证人,这二人一个叫石宏伟,一个

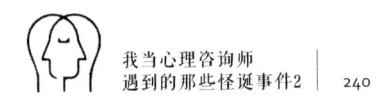

叫金万藏，均是郭磊的死党，因为高兴酒席上多喝了几杯，酒一喝多，吹牛也就越多，二人后来都吹嘘自己胆子很大，互不相让。

最后说急了，金万藏红着眼睛跟石宏伟说："既然你这么牛×，那你有本事去后山坟地睡一晚吗？你敢去，我就服你。"

石宏伟扯着红脖子回答道："这有什么不敢的，我小时候家住在祠堂的偏房里，村里的黑白喜事就在祠堂里做。那时候火化没像现在这么严，村里的老人去世后，棺木就摆在祠堂里等待下葬，跟我家只有一墙之隔，有时候日子不好，棺木要摆好几天，我从来就没怕过，去坟地里睡觉这种小儿科的事情我会怕？！简直是笑话，去就去，不过也不能让我白去，咱们得来点彩头。这样吧，我要是去睡了，以后你见了我就叫爷，我要是吓得半夜跑下来了，以后我见了你就叫你爷，如何？"

"就这么说定了。"金万藏点头答应了，扭头看着陆文龙说，"陆大记者，来当我们的见证人吧。"

陆文龙自然是推辞，并好言相劝他们放弃这种无聊的打赌，但石、金二人不听，非得要他做个见证人不可，无奈之下，陆文龙只好从了，跟着二人去了后山。

时间虽然已是晚上九点多，但阎村灯火辉煌，从山上往山下看，甚是壮观。陆文龙大呼后悔没带相机，只好用手机一边走，一边拍，本来他们三人亦步亦趋走着，慢慢地，陆文龙落下了一大截。

陆文龙站在半山腰正在拍阁村的一张全景图，他正对好焦距，这时，突然听到石宏伟"啊"了一声，然后大叫道："鬼啊！"就看着他带着跟在他后面的金万藏连滚带爬地往回跑，只恨爹娘少生了两条腿。

陆文龙迎上去询问怎么回事，石宏伟本来喝酒喝成了猪肝色，此时扭曲成了一团，他结结巴巴地说："有……有鬼！刚刚我走到坟地的时候，正打算找个地方睡觉，无意中看到草丛中有个白色的东西在动……我以为是猫什么的……走过去想抓它……结果这白色的东西突然扭头看向了我……我的妈呀……是一个没有脸的女鬼……我们就这么对视了几秒……可把我吓了一大跳……大叫了一声……然后就看到她跑了……"

金万藏的状态比石宏伟要好点，不过脸上也有恐惧之色，他说："是不是有鬼，我不知道，听到宏伟的尖叫，我还以为出了什么事，忙跑了过去，只看到一个白色的人影在前面急速行走，转眼间就不见了……"

"有这等事？！走，咱们上去再看看。"陆文龙一听啧啧称奇，吵着要去看看，但石、金二人面露难色，陆文龙继续鼓动说，"刚刚你们不是还夸自己胆大吗，怎么现在都蔫了，走走，咱们可是三个大男人呢，不能跌这个份儿。"说着他带头往前走去。

石、金二人见状，只好跟了上去。走了几百米后，来到一片坟地，陆文龙问："是这儿吗？"

"是的。"石宏伟指着一处有明显被压过痕迹的杂草堆，紧张地说，"刚刚就是在这里，那个女鬼就趴在那里一动不动，似乎听到了我的脚步声，她扭头看了我一眼，然后就往前面跑了……"

陆文龙瞅了一眼那杂草堆，四处又走了一圈，没有发现任何异样，他宽慰石宏伟说："哥们儿，别太紧张，刚刚你看到的肯定是个人，如果是鬼的话，这里的杂草怎么可能会压出这么大的痕迹来，对不对？"

"是吗？可是我看到她的脸就像一张白纸似的……没有五官……没有表情……"石宏伟哆哆嗦嗦地说。

陆文龙一笑说："现在女的不都是喜欢将自己脸上刷得粉白粉白的吗，别说大晚上了，白天不仔细看都很吓人。我猜想估计是一个女的先前蹲在这里，被你这么一惊扰，吓跑了，别疑神疑鬼了，自己吓自己……"

金万藏似乎想到了什么，突然说："宏伟，你怀疑她是'无脸女人'？"他的声音满是恐惧。

"嗯嗯嗯！"石宏伟点头如小鸡啄米。

陆文龙见他们二人比刚才更怕了，一脸蒙圈地问："什么'无脸女人'？你们在说什么？"

"你就别问了，咱们先下山再说。"金万藏说完，不由分说，拉着陆文龙就往山下走。

下了山，回到阎村，石宏伟和金万藏像重获新生般长出了一口气，脸上的表情稍微好看了一些。陆文龙不明白二人到底在怕什么，见他们情况好些了，继续追问无脸女人到底是怎么回事。

于是石、金二人告诉他，说在他们房山这一带一直有这么一个传说，有一个面无表情的女人，经常出没在山里的坟地之间，她非常凶残，专门靠吸人血为生，据说有多人丧命于她手，他们这里的人称她为"无脸女人"。

以前他们当是传说，没想到居然被他们真的遇到，依然心有余悸的二人说完后，就各自回家了。

陆文龙听了觉得"无脸女人"的事有些太荒诞了，他打电话向郭磊求证了一下，郭磊回答说确有此事，并问陆文龙为什么突然提到此事，陆文龙考虑到今日是郭磊的大喜日子，不想扫他的兴，说是在宴席上听来的就敷衍了过去。

陆文龙向来不信这些鬼神之说，决心解开这个"无脸女人"之谜，于是第二天，他走访了一下附近的村落，深入了解了"无脸女人"的情况，并掌握了几个她可能出没的坟地。于是他接下来每天晚上都去这几个坟地蹲守，然而几个晚上过去了，他还是一无所获。

这天晚上，陆文龙在李家村的祖坟旁边蹲守，等到十二点半的时候，他有些犯困，眯着眼打起了盹，正睡得迷迷糊糊的时候，突然听到一阵窸窸窣窣的声音。陆文龙睁眼一看，一张白如纸的女人脸出现在他的眼前……幸好他之前已经再三做好了心理准备，不然的话，恐怕早已被吓尿了。

那女人走到李家祖坟前，她稍微整理了一下旁边的杂草，然后若无其事地躺了下去，闭上眼睛，似乎打算睡觉。

陆文龙就躲在她旁边的杂草丛中，她的脸恰好正对着他。难怪石宏伟会被吓着，这女人的脸半点生气也没有，连嘴唇也是白色的，再加上此刻紧闭着双眼，若不是见她胸部因呼吸此起彼伏的，乍一看，他铁定会以为她是一具尸体。

有呼吸说明就不是鬼，陆文龙从草丛中跳了出来，打趣地说："美女，你就这么躺在地上，难道不怕着凉吗？"

那女人听了立刻惊醒，起来后掉头就跑，陆文龙追了上去，一边追，一边说："你别走啊，你为什么要来坟地里啊？你是不是就是'无脸女人'？"

女人不吭声，只是一直往前面跑，山路七拐八弯的，非常不好走，但是这个女人似乎非常熟悉路径，陆文龙追了半天竟然没有追上，眼看就要被她甩掉了，他大喝一声："你别再跑了啊，再跑我就报警了！"

女人一听吓了一大跳，停住了脚步，回头说道："大哥，别报警啊，我不跑了。"

陆文龙快步赶过去，表明身份后，问女人是谁？前几天是否到过阎村的后山坟地？为什么要来坟地里睡觉？

女人说她叫毕云曼，前些天确实到过阎村后山，当时她正在坟地里睡觉，不料被人惊扰了，吓得跑了，但是对于为什么要去坟地里睡觉，她有些支支吾吾。

陆文龙再三追问后，她回答道："因为我是个死人。"

"什么？你说你是死人？"陆文龙以为自己听错了。

"嗯，我就是个死人。"毕云曼肯定地说。

"你不是好好地站在这里吗？怎么可能是个死人呢？"陆文龙重新打量着这个女人，她不是没有表情，只不过是脸上涂了一层厚厚的面膜，加上身上罩着一件黑色衣袍，不仔细看确实七分像鬼，三分像人。但是毫无疑问，她就是一个人，一个活脱脱的人，但是她却说自己是个死人，这不是睁着眼睛说瞎话吗。

毕云曼说："我虽然看上去像是活着，其实已经死了，我身体早已经腐烂了，所有的器官都融化了，我没有任何感觉，也没有喜怒哀乐，我是一具行尸走肉的活死人。"

她这些颇具哲学意味的话，让陆文龙更迷糊了，他似乎明白了一点，但是又似乎完全听不懂，难道她是个神经病？可她的思维很清晰啊，一点也不像是个疯子，莫非是病了？

想到这里，他关切地问对方是不是身体不舒服，如果身体里的器官融化了的话，人早就没知觉了，哪还能像她这样，会说话，会跑步，思维逻辑还这么清晰。完了后，他建议她去医院看看。

毕云曼起初拒绝了陆文龙的好意，但是经不住他的劝说，二人下山后，就去了医院，结果一查发现毕云曼其他毛病没有，只不过得了一种叫"科塔尔综合征"的心理疾病，这种疾病又叫"行尸综

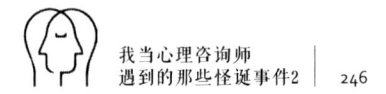

合征"，患有这种病症的人并非是真正的僵尸，但是他们感到自己正在死去，并有一些患者甚至真的走向了死亡。

三年前毕云曼的父母离婚了，她感觉她的世界都崩塌了，她感觉不到四周的存在，整个世界就好像只剩下她似的。她觉得自己是个死人，身体里的器官都融化了，她感觉不到喜怒哀乐，有时该笑的时候她会哭，该怒的时候她反而会乐，她爱上了恐怖片，尤其是喜欢僵尸片，看到僵尸，她有种莫名的亲近感，她迷恋上了坟地，经常在坟地里穿插逗留，不时找个喜欢的坟地晚上去睡觉。

起初别人还以为她是个神经病，赶她走，后来她化了妆，在脸上涂了一层厚厚的面膜，穿着黑色衣袍，旁人见了她远远就吓走了。

见到她这般装扮的人越来越多，但是他们又不敢前来细看，只是自动脑补着情节，以讹传讹地说着，于是一个专门靠吸人血为生的"无脸女人"的传言渐渐流传开了。

第三章

下午毕云曼如约而至，陆文龙的新闻报道上，并没有描写她的外貌，但那么多人见了她都被吓坏了，心想她应该好看不到哪里去。但是见到她真人之后，我不由得惊为天人，她长着一张漂亮的脸蛋，五官精致得无可挑剔，在她脸上找不到半点可以修饰的地方。她本属于小巧娇柔型的，但是那一袭白色的连衣裙却将她的身材衬托得凹凸有致。

说实话，第一眼看到她，我的心里就忍不住怦怦直跳，以至于跟她握着手，都忘了收回来。我意识到自己的失态，忙收回手，然后道歉道："不好意思，不好意思，有些失态了，我平常不是这样的，刚刚只是在想，像你这么漂亮的女孩子，那些人为什么会叫你'无脸女人'？这不是睁眼说瞎话吗。"

毕云曼微微一笑说："那是因为我在脸上涂了一层厚厚的面膜，他们不明其中缘由，所以给我取了这么一个外号。"

我当然知道是这个原因了，先前那么一说，主要是想化解我的失态。我招呼她坐下，给她倒了一杯茶，然后柔声说道："毕小姐，关于你的情况，我略有一些耳闻，据说让你有自己已经死了的感觉，是在三年前你父母离婚之后，你能跟我详细说说你父母和你之间的情况吗？我知道这有些残忍，但是如果知其然而不知其所以然的话，我对你的这个心理障碍就无从下手。"

毕云曼回答道："如果是以前，我估计会有些排斥这个问题，但是现在说真的，我一点感觉也没有了。是的，我父母三年前离婚了，当时对我的打击很大。因为在我看来，他们一直都很恩爱，并且非常宠爱我，等到他们离婚时，我才知道我父亲在我十六岁的时候就在外面有人了，并且有了孩子，我母亲这些年之所以一直忍气

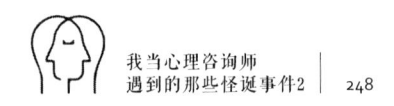

吞声全是为了我，怕他们离婚后，我父亲娶了后妈，对我不好。三年前，我毕业后进入一家外企上班，她总算放心了，于是毅然跟我父亲离婚了……"

"哦，看来他们真的很爱你。你父母离婚后呢？"

"我父母离婚后，我父亲就搬去情人家了，房子虽然留给了我和我母亲，但是我实在无法面对这个支离破碎的家。没过多久，我就搬到外面租房住了，然而人虽离开了，但是以前的种种像是个冷笑话似的，不断地在嘲笑着我。一想到过去一家三口幸福美满的情形，我就心如刀割，忍不住泪流满面……"毕云曼说是这么说，但是脸上很平静，语调也很平缓，像是在说别人家的事情一样。

"那你是从什么时候开始有了自己已经死了的感觉呢？"

毕云曼想了想说："那阵子，我的心情极度不好，上班也时常发呆。有一天，我正在上班，翻译着文书，突然间心头涌上一种怪异的感觉——我已经死了，我感知不到现实的存在，所有的东西都像是隔着一层纱布，显得朦胧而不真实。刚开始，我还以为是自己出现了幻觉，但是这种感觉迟迟不消失，甚至连同事跟我说话都恍如隔世似的，干巴巴的，没有任何的情感，像是机器人在复读。办公室里弥漫着诡异而沉闷的气息，就像坟墓一般，我吓坏了，片刻也不想在办公室里多待，于是向上司请了个假，匆匆跑了出去。本以为外面的世界会让我重新活过来，结果外面也跟办公室里一样，不过是从一个小坟墓来到了一个大坟墓里而已。天是灰蒙蒙的,地也是灰蒙蒙的,整个世界像被蒙了一层灰,万物萧瑟,空气压抑得让人窒息,我十分害怕,紧了紧衣服,只想赶紧回家,好好睡一觉,希望醒来后一切恢复正常。"

"结果并没有是吗?那个感觉就这样一直跟着你了?"我问。

"不是,那天一觉醒来后,那个怪异的感觉竟然真的消失了!"

"哦?"她的回答让我大吃了一惊,我继续问,"那它怎么又回来了?"

"我也不知道,我只知道那怪异的感觉消失没几天后,那天我下班回家在超市里买东西,正挑选着日用品,突然之间,那个怪异的感觉又回来了。我丢下选好的东西,发疯似的跑回家,然后躺下睡觉,幻想着一觉醒来后,一切就跟上次一样恢复正常了,然而这次我失算了,这个感觉从此就像妖魅一样跟我如影随形了。"毕云曼顿了一下,继续说,"一开始,我还有一些反抗心理,充满困惑和不解,但是渐渐地我很明显地感到自己的身体内部在一点一点腐烂,呼吸中都带有内脏腐败的气息,我开始对一切都不感兴趣,以前钟爱的游戏、微博、综艺节目、韩剧……统统拒之门外,甚至包括我最爱的猫咪小叮当,父母离婚之后,它是我仅有的温暖,但是我竟然连摸它一下的兴致也没有了,我不由得怀疑莫非自己真的已经死了?"

"嗯,也难怪你会这样,换作是我,我也会下意识地怀疑自

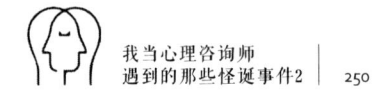

己是否还活着。"我感同身受地说,"除了这些,你还有哪些变化吗?"

"我白天嗜睡,晚上却像夜猫子一样异常活跃。我爱上了恐怖片,这在以前我想都不敢想,因为我的胆子很小,只能看看爱情喜剧片,连犯罪片都不大敢看。但是那个怪异的感觉附体后,我变了,尤其爱看僵尸片,每次看到那些血淋淋的行尸走肉,我就有一种莫名的亲切感。我常常幻想着自己或许就是他们当中的一分子,其实人早死了,只是现在才发现,我爱上了坟地,喜欢上了那里的气味,晚上不时留宿在坟地旁。"

"你接受自己是死人的设定后,你的人际关系怎么样?平时跟父母联系多吗?"

毕云曼摇头说:"我发现自己是个死人后,觉得一切都没什么意义。我父母离婚后,我跟他们的联系本来就不多,只是每周通个电话相互问候一下。后来我都懒得跟他们多说了,慢慢地不再主动跟他们打电话,他们打过来,我也是随便敷衍几句就挂了。"

"哦,那你跟朋友和公司同事平常沟通多吗?"

"本来我有个很好的大学同学兼闺密,但是她毕业后就出国留学了。至于同事这边,她们喜欢的是娱乐八卦,我喜欢的是恐怖死亡,我觉得她们肤浅,她们觉得我怪,我们越来越没有共同话题,很难说到一块去,后来大家都不怎么说话了。我的工作主要是翻译文书,于是我干脆辞了专职改做兼职,这样,我就有更多自由的时间安排自己，我喜欢到各处的坟地玩耍，尤其是深山里的坟地，那里既安静又惬意。我白天在坟地里野餐，晚上回不去的时候就席地而睡。起初我被人当作疯婆子赶来赶去，后来我涂上厚厚的面膜、套上黑袍后，他们就不来烦我了。我很喜欢这种状态，直到那个晚上遇上陆记者，他是个好人，他带我去医院检查，医生说我得了'行尸综合征'，在他们医院治了两个多月，但是效果不佳。主治医生建议我来你们心理咨询中心看看，说你们是国内最顶尖的心理咨询师。"说到这里，毕云曼的眼睛里难得露出一丝期许的目光看着我。

"哪里，这都是行业人吹捧，我们只是略有点名气而已，比我们厉害的咨询师多着呢。"我先自谦了一下，然后接着说，"当听说你要来我们这儿的时候，我就将你的问题跟我们中心的几个资深心理咨询师交换过建议，当时我觉得你之所以会患上这种心理疾病，归根到底是因为缺少关爱和安全感。刚刚你讲的这一切，也证实了我的这个想法。你因父母离婚而大受刺激，你唯一的闺密又不在身边，你受伤的心灵得不到安慰，一直压抑着自己。你觉得这个世界太过虚伪，由心底感到厌恶，从而有了自己已经死了的错觉，后来这种感觉不断地潜移默化，让你开始深信不疑起来，所谓的'僵尸''活死人'实际上是你感情宣泄的窗口，你在这里寻找到了感情的寄托，并沉迷其中。好在现在你意识到自己并不是真的已经死了，只不过是自己的错觉，只要你敞开胸怀，多跟人交流沟通，多回忆一些以前的快乐时光，重拾对生活的信心、对朋友的热爱，我想你很快就能够恢复正常了。"

"那我具体应该如何做呢？我已经三年没怎么跟外人打交道了，我感觉我都不知道如何跟外人沟通了。"毕云曼有些无奈地说。

"不用刻意地去做什么，只需主动一点就好了，比如说主动给你父母或朋友打打电话，聊聊天，说说近况；比如没事多出去走走，爬爬山，看看水，用心去聆听这个世界的美好。如果这些你都不感兴趣，那么我建议你多看看迪士尼的动画片。"

"迪士尼的动画片？"毕云曼一脸疑惑地说，"欧阳心理师，你确定不是跟我开玩笑？"

我一本正经地说："自然不是跟你开玩笑，迪士尼的动画片，虽然基本上大同小异，很公式化地发展，最后解决问题往往靠的是魔法或者奇迹，但是集大成体现了真、善、美，而你现在最缺的其实是重拾对这个社会、这个世界的热爱，所以建议你多看看，我相信你会在里面找到你的所需。"

毕云曼目不转睛地看着我说："欧阳心理师，我发现你真的很特别。"

"为什么这么说？"

"别人看病是开各种药，你看病却是看动画片，这难道不算特别吗？"

"呵呵，你的情况比较特殊，吃药物是解决不了问题的，关键是将那些你失去的美好感受找回来,你不妨按照我说的试试看。"

"好的。"

毕云曼回去后,按照我说的看起了迪士尼动画片。为了让她更快恢复,我每天主动跟她联系,询问她这一天的情况,当她需要帮忙时,我哪怕再忙也会抽身赶过去。

一个月后,她的情况有了好转,这大大鼓励了我,跟她交流沟通得更紧密了,并不时约她出来吃饭、逛街、看电影,一起探讨人生的意义。

当我们如此频繁接触的时候,张哥好意提醒我说:"子瑜,你跟云曼之间的度,可要做到心里有数啊。"

我知道他的意思,他是要我跟毕云曼保持距离,别玩出火来了,我跟他说:"张哥,你放心吧,虽然毕小姐长得很漂亮,人也很好,但是我一定会遵守心理咨询师的职业道德和规范,我跟她之间仅限于咨询师和来访者的关系,更何况我心中只有安安。"

我从一开始就是奔着治好毕云曼的心理疾患而去的,所做的一切都是基于这个目的,我的心是坦荡荡的。

三个月后,在毕云曼的不懈努力下,配上我的精心引导,她的"行尸综合征"终于治愈了,我很高兴。正当我向张哥邀功,要求他兑现承诺的时候,一个更大的麻烦出现了,我发现毕云曼爱上我了!

第四章

毕云曼恢复正常后,我的治疗工作告一段落,我重新投入其他的咨询工作上。但是她却时常给我打电话,约我吃饭,起初我还以为她这样是为了感谢我,每每应邀而去,但是次数多了,我不由得开始警醒,于是借工作忙推辞掉了。

一次实在推托不了了,我跟她来到一家西餐厅吃饭,正想好好跟她说说,结果还没等我开口,她突然含情脉脉地看着我说:"欧阳心理师,有件事我藏在心里很久了,一直不敢跟你说,昨天晚上我想了一夜,决定告诉你。欧阳子瑜,我喜欢你!"说完,她羞答答地低下了头,整张脸都红到脖子根了。

我一听蒙了,想不到她居然向我表白了。我的心有点乱,这么一个大美女得鼓足多大的勇气,才敢在大庭广众之下向人示爱,我总不能就这样一口气拒绝了吧,我该怎么办?

我心中正想着对策,她估计见我一直不吭声,抬起头,失望地问道:"子瑜,难道你不喜欢我吗?"

"不是,不是。"都将军成这样了,不开口不成了,我整了整思路说,"毕小姐,你很漂亮,人也非常好,与你相处的这几个月,我很开心,我也很喜欢你,不过这种喜欢只限于朋友之间的喜欢。我们心理咨询师这个行业有个规矩,咨询师跟来访者是不允许发生咨询之外的任何关系的,也是这个行业最基本的要求。"

"为什么？"毕云曼不解地问道。

我坦然相告道："因为心理咨询很容易让来访者对咨询师移情，心理咨询客观地来说，是咨询师和来访者共同发展出的一种多少有些暧昧与亲密的关系，我们把它称为'移情性的爱'。咨询师就是通过这种微妙的关系，发现和分析来访者出现的问题，从而引导来访者走出泥潭，奔向新生。这种关系犹如在走钢丝绳，处理得好，很快就能将来访者治愈，处理得不好，那么有可能连心理咨询师也会坠入泥潭，这也是为什么心理咨询需要有一定职业伦理规范的原因。"

"这么说来，这几个月来你对我的关心和爱护都是假的了？"毕云曼忧伤地说。

她的眼睛开始泛红，楚楚可怜的样子，看得我有些心疼，但是事实就是事实，我照实说："当然不是假的啦，我对你的好，都是出自诚心诚意，不过它的目的是为了治好你。心理咨询是关系治疗，它的根本目的是为了治疗，如果脱离了治疗目标，那么，咨询关系必将不复存在。我和你之间的感情是真的，但只能被约束在治疗的框架之内。其实这些日子里的我，是我也不是我，只不过现实生活中的我，并不像咨询关系中的我那么'玛丽苏'（完美）。我懒惰，周末不爱动弹，喜欢躺在床上睡懒觉；我口无遮拦，有时候说错话得罪人了也不知道；也不怎么看爱情片，喜欢看好莱坞动作片，越暴力的越爱看……"

"找这么多理由，说到底就是不想跟我好呗！"说完，毕云曼捂脸走了。

看她这么伤心，我很想跟上去安慰安慰她，但是一细想，或许这是最好了断关系的时机，我追上去反而要坏事，于是硬着心肠，让她走了。

毕云曼那天走了之后，好几天都没有再给我打过电话，也没在网上找我聊过天，我以为她被我说通了，结果一周之后，她又给我打电话，在电话里她问："子瑜，你不接受我的原因仅仅是因为你们心理咨询师的职业操守吗？如果你不是心理咨询师，你会喜欢我并爱上我吗？"

抛开身份不说，平心而论，像她这么优秀的女孩子我真的有可能会爱上，但这话我不能说，为了让她彻底死心，我说："不会，毕小姐，老实说，我已经有女朋友了。"

"哦，她是谁？"

"她是我的同事，她叫安翠芳。"

"我知道了。"她抛下这句话就挂了电话。

话都说到这个份上了，我想她应该不会再找我了吧，但是我低估了她的能耐。

两天后，毕云曼又给我打电话了，她在电话里说："子瑜，你别想骗我了，我这两天调查清楚了，你的那个同事安翠芳压根就不是你的女朋友，只不过是你一直喜欢她而已，她真人我看见过，是很漂亮，但是我自认也不差，我是真心喜欢你的。我不管你是怎么想的，反正我认定你是我这辈子的白马王子，你现在不接受我，没关系，我可以等，我会一直等到你回心转意为止。"

说完，她似乎懒得听我说什么，就直接挂断了。第二天，她又像以前那样每天都跟我打电话，约我吃饭，其实我可以采用最干脆的办法，一律不接，一律不见，就好了，但是这种做法过于残忍，而且考虑到她"行尸综合征"没好多久，我这么一狠心下去，万一她又病发了，岂不是更糟。

思前想后，我跟张哥说了我的困境，完了后说："张哥，像你这种'老司机'肯定遇到过不少这样的事情，你可有什么好招教给我啊？"

张哥嬉皮笑脸地说："招我自然是有的，但是不能就这么轻易地告诉你，还记得咱们的赌约吧？咱们之前可是打过赌的，如果'无脸女人'的事，你没有找我帮忙，全靠自己解决，那么你转正的事情就包在我身上，反之，你就重新回到我的身边当我的小跟班。我给你支个招，完美地帮你解决当前的问题，算你输如何？"

我气得要吐血了，我说："我靠，张哥，你真知道趁火打劫啊，咱们得讲道理啊，毕云曼的'行尸综合征'我可是全靠自己的本事治好的，没有请你帮过忙，按照赌约，我转正的事情，你是一定要帮我实现的。再说，这件事对你来说不过是举手之劳，你就不要再跟我斤斤计较了好不？"

"那可不成，我这个人做事向来说一不二，你可别忘了，虽然毕云曼的病症现在是好了，但是她目前还处于不稳定时期，如果你无法兵不血刃地断了她的念想，万一她病发了，你再想治好她可就没那么容易了，到时候一样是你输。"张哥说出了我最担心的事情，这家伙，估计早就盘算好如何阴我了。

我赔笑道："张哥，别这么说嘛，输赢其实是次要的，关键是治好来访者。正所谓'医者父母心'嘛，你给我出主意，帮我渡过这个难关，算我输了。不过赌约的事情，咱们再商量商量呗，重新调到你身边，你无非就是想继续使唤我。这么着，转正的事情你帮我办妥了，而我作为回报，只要我还住在你这儿，以后家里的家务我全包好不好？"说是这么说，我心里是有打算的，一旦挣到钱了，就马上搬走，我才不给他当奴隶呢！

"这个提议不错！"张哥拍手叫好地说，"你小子脑子好使，早知道我心中的小九九，就这么办了！"

我见他上钩了，忙催促问道："你有什么好办法能让毕云曼彻底断了对我的念想？"

张哥在我的脑门上弹了一下说："刚刚白夸奖你了，像这种绝情绝义的活儿，交给安翠芳不就成了吗，她可是专家，明天你将毕云曼约到咱们中心，然后让安翠芳出面帮你搞定此事！"

我白了他一眼，说："我去，你说的好办法就是这个？"

"咋的，你不相信安翠芳的能耐？"张哥回了我一个白眼。

"安安，我自然信得过，只是想不到你居然不要脸到了现在这个地步，甩锅给别人，还扬扬得意要好处，张哥你的良心不会痛吗？"

"废话，我的良心活蹦乱跳的。"张哥看了我一眼，怪笑道，"说得你好像有良心似的，你要是有的话，那再交两年的房费吧。"

"房租我不是已经交了一年吗，为什么还要交？"

"最近我想炒点黄金，手头紧。你转正后，工资待遇肯定又上一个台阶，正好可以借我点，以后挣钱了，我……"

我打断道："张哥，我忘了买今天晚上的菜了，我下楼买菜去了。"

第二天上班后，我跟安翠芳打了个招呼，然后将毕云曼约到了中心，本以为她们二人会在里面谈一两小时，结果毕云曼进到安翠芳的办公室里没半小时就满面春风地出来了。

路过我身边的时候，她笑着跟我说："我现在终于知道你为什么不接受我了，没关系，我能理解，祝你幸福！"说完她飘然走了。

见她这样，我一脸蒙圈地愣在原地，安翠芳探头出来，问我："子瑜，你愣在我办公室门口发什么呆啊？"

"我的好安安，你真是太牛了，你到底跟毕云曼说了啥啊？她怎么就这么轻易地放过我了呢？看她还挺开心的。"我凑上去

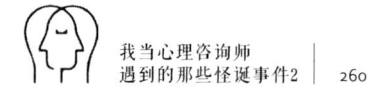

问着，突然想到了什么，接着说，"是不是你告诉她，你是我的女朋友啦，耶！万岁，安安，你终于答应要做我的女朋友啦，我好高兴哦！"

"你还没睡醒吧，你觉得这可能吗？"安翠芳白了我一眼说。

我挠头说："呵呵，以你的性格，好像不大可能，那你到底跟她说了什么啊？"

安翠芳淡然地说："我只是告诉她你跟张哥一起住。"

"我跟张哥是住在一起啊，怎么啦？这有什么问题吗？她听后，为什么就不再纠缠我了呢？"我有些晕，我跟张哥住在一起没什么大不了的啊，两个大男人……想到这里，我顿时开窍了，我摊手无奈地说，"她该不会以为我跟张哥有一腿吧，我的妈呀，这可冤枉死我了，不成，我得找她说个明白。"说着就要追毕云曼去。

安翠芳一把拉住我说："你说什么说，解释清楚了，难道不怕她继续黏着你吗？"

我一听，顿时打消去追她的念头，安翠芳说得在理，被她误会总好过被她继续黏着。

就这样，毕云曼的事情总算圆满解决了。那天她跟安翠芳谈过之后，就没有再来找过我，直到两年后，她跟陆文龙结婚，才再次联系我。

我呢，通过她这件事，再加上张哥的"鼎力支持"顺利转正了，以后就是正式的心理咨询师，更加独当一面了，遇到的各种怪诞心理案例也越来越多。

当然，这是后话，以后有空我继续说。

（第二季完）